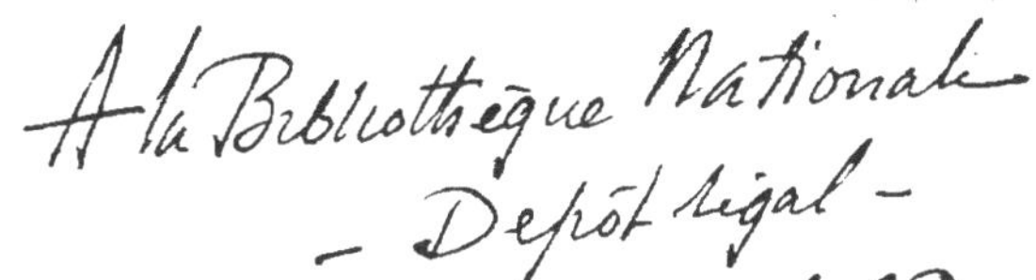

LE FONDS FABRE-ALBANY

CORRESPONDANCES
DU PEINTRE F. X. FABRE ET DE LA COMTESSE D'ALBANY
À
LA BIBLIOTHÈQUE MUNICIPALE DE MONTPELLIER

PAR

LÉON G. PÉLISSIER
PROFESSEUR A L'UNIVERSITÉ DE MONTPELLIER

EXTRAIT DU „CENTRALBLATT FÜR BIBLIOTHEKSWESEN"

LEIPZIG
OTTO HARRASSOWITZ
1900

LE FONDS FABRE-ALBANY

LE FONDS FABRE-ALBANY

CORRESPONDANCES
DU PEINTRE F. X. FABRE ET DE LA COMTESSE D'ALBANY
À
LA BIBLIOTHEQUE MUNICIPALE DE MONTPELLIER

PAR

LÉON G. PÉLISSIER
PROFESSEUR A L'UNIVERSITÉ DE MONTPELLIER

EXTRAIT DU „CENTRALBLATT FÜR BIBLIOTHEKSWESEN“

LEIPZIG
OTTO HARRASSOWITZ
1900

Pour constituer le fonds de documents que nous nous proposons de cataloguer ici, il n'a pas fallu moins de deux révolutions, maint exil de prince, le mariage d'un prétendant anglais avec une princesse flamande, la séparation de ces deux époux mal assortis, une suite d'adultères et d'immorales liaisons, des transmissions inattendues d'héritages, — jusqu'au jour où le hasard le fit tomber aux mains du montpelliérain qui lui a donné son nom. Formé d'éléments disparates, d'origine cosmopolite, n'intéressant que par un point, — la création d'un musée, — l'histoire de la province qui le conserve, ce fonds peut servir au contraire aux sciences les plus diverses, à l'histoire de l'art comme à celle de la diplomatie, à la biographie suédoise et russe comme à l'archéologie romaine. Il importe d'en fournir un inventaire détaillé.

Il faut indiquer d'abord ce qu'est cette collection Fabre, et quel genre d'intérêt elle présente. — Elle forme une portion importante du cabinet des manuscrits, dans la Bibliothèque Municipale de Montpellier, dite Bibliothèque-Musée Fabre. On sait que ce nom fut imposé à cet établissement par son fondateur, le baron Francois-Xavier Fabre, qui l'a installée il y a environ soixante dix ans, et qui légua à la ville, outre sa collection de tableaux et de dessins, ses livres et ses papiers.

Le fonds Fabre a été sommairement décrit dans le catalogue des manuscrits de la ville de Montpellier, rédigé par le bibliophile Libri. — Il se distingue essentiellement en trois parties: les papiers d'Alfieri, les papiers de Louise d'Albany, et ceux de Fabre; mais ces parties se complètent l'une par l'autre et ne peuvent guère s'isoler, ces trois personnages ayant eu des intérêts et des rapports communs, et la bonne comtesse ayant été, comme l'a dit Sainte Beuve, un vivant trait d'union entre le peintre montpelliérain et le gentilhomme piémontais. Aujourd'hui il est modestement renfermé dans les cartons 9, 10, 11, 12, 13 du «cartonnier réservé», placé sous la surveillance directe et attentive du savant bibliothécaire M. Gaudin. (On peut souhaiter en passant que, dans le local mieux aménagé que l'on dit que l'avenir réserve à la Bibliothèque Municipale de Montpellier, quelques uns des autographes les plus intéressants de cette collection puissent être exposés sous vitrines, et que les autres liasses soient enfin reliées, pour assurer encore mieux leur conservation et l'ordre de leur classement. Ces précautions ne seraient pas inutiles, car ce fonds a déjà couru un grave danger: il a été inventorié par Libri. Cependant il ne paraît rien y manquer: c'est que la valeur des autographes du XIXe siècle n'était pas il y a cinquante ans ce qu'elle est devenue de nos jours.)

Les papiers de Fabre ne nous sont pas parvenus intacts, et tels qu'il les avait rapportés de Florence. — Ce retour de Fabre, disons le tout de suite, est un des faits qui choquèrent et surprirent le plus ses contemporains. Non sans motif! Plus rien en effet ne rappelait le vieil artiste en Languedoc: ni famille, car son unique frère était mort à Florence, — ni enfants, ni amis, — car il avait quitté Montpellier dans sa prime jeunesse, ni sa patrie elle-même, puisque il était un émigré moral, ayant déserté l'Académie de France et refusé le serment patriotique en 1792 pour s'aller réfugier en Toscane. Était-ce la ville, le pays natal, la garrigue et le Lez: «On peut encore trouver du charme au Lez, après le Rhône», a dit Sainte Beuve. Après le Rhône, soit! mais après l'Arno? L'amour du sol natal peut-il donc revêtir une forme si basse et si grossière, qu'un homme ne sache point se reconstruire en idée la cité de son enfance, que la présence des pierres et des tuiles lui soit nécessaire à l'évocation de la patrie? Après trente ans de séjour à Florence, Fabre eut le bourgeois héroïsme de la quitter. Et déjà cet exode nous autorise presque à lui dénier une âme d'artiste.

Il arriva donc à Montpellier, ayant obtenu du gouvernement de Toscane un laissez-passer pour ses tableaux, ses collections de livres, ses caisses de manuscrits. Dès son arrivée et à grand fracas, il annonça son intention d'installer un musée, de le rendre public, et de le léguer à la ville. N'ayant point d'héritier naturel, tourmenté sans doute parfois du sentiment un peu amer de l'indignité de son enrichissement, c'était encore la meilleure destinée qu'il pût assurer aux collections d'Alfieri et de la comtesse d'Albany que de les offrir à sa ville natale. Les collectivités, étant anonymes, peuvent se passer de certaines délicatesses.

Mais sa vanité perdit Fabre, — et une partie de ses manuscrits. A son arrivée au „Clapas", le peintre fut salué par un poète latin, un certain Mr. Gache, qui lui décocha, le 2. décembre 1828, une Inscriptio Epigraphica intitulée Francisci Xaverii Fabri in urbem patriam reducis pompa triumphalis graphice exprimenda. Goutteux, aigri, grincheux, Fabre fut, paraît-il, délicieusement chatouillé par ces distiques: Mr. Gache resta son ami. A lui fut confié, comme exécuteur testamentaire, le triage des papiers de Fabre. Celui-ci s'en était bien détaché: certaines liasses n'avaient pas été rouvertes depuis qu'il avait quitté le Casino du Lungarno; sur tel paquet figure encore l'inscription «Lettres à relire quand j'aurai le temps». Le trouva-t-il jamais? — Dans ses portefeuilles, vingt cinq ans de vie mondaine et littéraire, de vie intime, avaient accumulé leurs souvenirs. S'il eût respecté

»l'indestructible passé», les intentions de son ami, s'il eût connu son scepticisme complet et cynique à certains égards, et compris le genre d'immortalité qu'il convenait d'assurer à Fabre, Mr. Gache n'aurait pas supprimé un seul de ces souvenirs et de ces papiers. Il aurait au contraire soigneusement relevé tout ce qui pouvait éclairer la postérité sur le caractère étrange et complexe de Mme d'Albany, de cette femme à qui Sismondi pouvait écrire sans qu'elle sourcillât: «Vous, madame, qui avez connu tous les orages de la passion!» Il aurait dû conserver tout ce qui pouvait éclairer l'étrange liaison de cette vieille allemande et de ce jeune méridional, l'excuser peut-être, en tout cas l'expliquer. C'est ce qu'eût fait un homme d'esprit. Mais Mr. Gache n'était pas un homme d'esprit: c'était un janséniste. Ils ont bien changé depuis Pascal. — Et voici, d'après Saint René Taillandier qui l'a connu, comment il comprit son rôle:

«Investi d'un pouvoir discrétionnaire sur tous les papiers qui venaient de la comtesse d'Albany, M. Gache fut impitoyable. Il brûla toutes les lettres d'amour, toute la correspondance de la comtesse avec Alfieri, avec Fabre. Ces lettres, et elles étaient nombreuses, . . . ont disparu dans un auto da fè.»

M. S. R. Taillandier avait eu les confidences de Mr. Gache sur ce point. L'existence de ces lettres passionnées, de ces lettres à Louise qui auraient pu devenir aussi célèbres que les lettres à Sophie, n'est pas une conjecture: «Mr. Gache, dit-il, faisait souvent allusion à ces lettres et n'en parlait qu'avec répugnance.»

Il faut ajouter, — ce que ne dit pas S. R. Taillandier, et ce qui résulte aussi des confidences de Mr. Gache, que non seulement ces lettres, mais toutes celles, dans le carteggio de MMmes de Staël et de Genlis, de Foscolo et des divers correspondants, qui renfermaient quelque allusion à la vie privée de la comtesse et de son peintre ont subi le même sort. Ce qui permet à Saint René Taillandier une fine réflexion sur le sens que prend ici le mot exécuteur.

Il résulte de l'intervention de M. Gache, que le fonds Fabre ne nous est pas parvenu ou pour mieux dire ne s'est pas constitué dans son intégrite, et que ce qui n'y est pas entré est précisément la portion sinon la plus nombreuse, mais du moins la plus intéressante, la plus caractéristique de la société mondaine dont émanaient ces documents.

Mais ce qui en reste est encore considérable en soi. Lettres de critiques d'art et d'artistes adressées à Fabre, lettres de gens du monde et de femmes adressées à Mme de Staël, lettres de littérateurs et de politiques italiens envoyées à Alfieri, il y a là de quoi exciter la curiosité.

Indiquons les principaux de ces groupes de documents, que Mr. Gache et Libri ont classés avec assez d'arbitraire. Il en reste fort peu d'antérieurs à la liaison de Fabre et de la comtesse: Fabre, jeune homme et assez vagabond, n'avait pas d'archives; la comtesse estimait inutile d'encombrer ses valises de vieilles lettres. Il ne reste guère que quelques textes qui cependant éclairent les débuts de l'artiste à l'atelier de David, la rupture semi-légale de la comtesse avec le méprisable héros qu'avait été Charles-Edouard. L'un et l'autre ne commencent à avoir de correspondants réguliers que lors de leur installation à Florence, elle au casino du Lung' Arno, lui au piano nobile du 2117 de la via de' Mori. C'est alors la domination impériale: il y a à Florence un gouverneur militaire, Clarke, plus tard duc de Feltre, le futur ministre du Matériel de la guerre, un trésorier général, M. de Scitivaux: Fabre, quoique gêné par son passé antirépublicain, fréquente chez eux. Il y noue des amitiés qui se traduisent, après la séparation, par des lettres: celles de M. de Scitivaux sont importantes pour l'histoire du Louvre et de sa spoliation en 1815. Mais la comtesse et lui ne se livrent pas au monde des fonctionnaires. Florence doit à son éloignement du maître, plus tard à la niaise perfidie de la sèche et vindicative Elisa, grande duchesse de Lucques, régente de Toscane, une certaine liberté de ton et d'allures. C'est le régime de la servitude tempérée par des ricevimenti, et Mme d'Albany n'admettait pas tous les Français impérialistes aux siens: Clarke en fut d'abord exclu; Abdallah Menou n'y fut pas admis sans peine. — D'autre part Fabre fréquentait le monde artiste de Florence: Benvenuti, Santarelli, Canova, Nicola Monti, Morghen, l'architecte Cambray-Digni, le traitent avec estime, conservent leurs relations avec lui après son retour en France, lui écrivent pendant leurs voyages. Semi artiste, semi brocanteur, et par la suite plus brocanteur qu'artiste, il correspond fréquemment avec un certain Mr. Boyer, agent d'achats de celui que par discrétion commerciale plus que politique il appelle Mr. Lucien — c'est le prince de Canino, Lucien Bonaparte. Un peu plus tard, après la Restauration, il négocie l'achat d'une collection de médailles pour M. de Blacas d'Aulps, et l'achat de la collection Baldinucci, estampes et dessins, qui est allée se fondre au Louvre: de là encore, longue correspondance. Ancien pensionnaire de l'Académie de France à Rome, sa maison devient une étape du pélerinage ad limina Raphaelis qu' entreprennent chaque année ses conscrits: Mr. Gache n'a pas manqué de conserver plusieurs lettres, — ce ne sont pas les plus intéressantes, — où d'anciens camarades, des confrères de l'Institut, lui recommandent leurs élèves: on y lit les noms encore inconnus de plusieurs artistes devenus honorables, ou éminents; quelques uns sont redevenus inconnus. De même, à titre d'anglaise ou d'anglo-allemande, la veuve du Prétendant, l'ancienne chanoinesse de Sainte Vandru, reçoit les visites de tout ce qui passe à Florence en fait «d'étrangers de distinction»: c'est le nom générique de tous les voyageurs qu'on ne peut désigner par un mérite personnel. Ces exotiques écrivent généralement beaucoup, ils ont le remerciement prolixe, la flatterie loquace. Mr. Gache, — que tout ce déballage de pairies anglaises, de duchés espagnols, de papier de Bath (le grand genre du temps), à tortils et à écussons, de seigneuries et de marquisats, impressionnait sans doute, — Mr. Gache a conservé, peut être en trop grand nombre, ces traces de relations mondaines de la comtesse: c'est probablement parce que presque tous ces gens là mettaient au bas de leur prose, mais en postscriptum, non sans quelque affectation de garder les distances, «mille choses aimables» ou «tous leurs compliments» pour Mr. Fabre, pour ce chétif roturier que la comtesse admettait en son salon. Ni Mr. Gache ni il faut le dire, Mr. Saint René Taillandier ne paraissent avoir senti cette nuance bien visible de politesse épistolaire. — Du voyage forcé à Paris que l'Empereur fit faire un beau jour à la Comtesse et à son acolyte, — fatigué qu'il était de son attitude boudeuse et de ses jacasseries de vieille perruche, — il ne reste pas grand chose: les amis de Paris, les voyant, n'eurent plus besoin d'écrire; ceux de Florence, qui ne savaient pas trop comment finirait le voyage, crurent prudent de ne pas se compromettre. A Paris cependant, Mme. d'Albany augmenta son cercle de correspondants: une vieille amie, du temps de sa séparation, cette Mme. de Maltzan dont lui parlait jadis Gustave III, se souvient alors d'elle dans sa retraite de Soissons, vent la revoir, va la rejoindre à Paris: pour cette visite, soit avant, soit après, elle écrit quelques lettres, qui suffisent à mettre cette douairière inconnue au rang des femmelettes qu'enviait Voltaire. Mme. d'Albany enrichit aussi son cercle d'une correspondante dont elle se fût bien passée: la propriétaire de l'appartement meublé qu'elle habita, une de ces douairières dans le malheur qui deviendront avec Balzac l'immortelle maman Vauquer, la comtesse de Pons, eut à lui écrire, — pour lui réclamer son loyer! Cette lettre n'offre pas d'intérêt littéraire. Mais à quoi pensâtes-vous, respectueux Mr. Gache, de ne point détruire cet impertinent billet!

C'est après ce voyage, au retour à Florence, c'est surtout aux environs de 1814 que commencent les plus importantes séries de lettres politiques, — celles de Mme. de Souza qui suit les évènements politiques à Paris, celle de Mme. de Staël, qui sans vergogne étale son triomphe, de Coppet à Genève et à Milan, celles de Louis de Brême, noble figure de patriote, pure et pâle comme l'aube de cette liberté qu'il rêva sans succès de rendre à sa patrie. Rapprochons les lettres de 1813 et celles de 1815: plusieurs correspondants en demeureront à jamais flétris. Le néfaste préfet de la Terreur Blanche à Nîmes, M. d'Arbaud Jouques, avait oublié ses lettres de sous-préfet de l'empire à Aix. Sur l'état de l'opinion dans cette grande crise, sur les élans de bassesse et les emportements de lâcheté qui déshonorèrent les deux retours des Bourbons, ces correspondants de Mme. d'Albany étalent une sincérité affreuse. Puis viennent avec la vieillesse quelques années de sérénité: dans Florence rendue à ses médiocres et inoffensifs grands ducs, la comtesse n'a que les échos des luttes parlementaires de France et d'Angleterre, des révolutions d'Espagne, des conspirations d'Italie. Miss Cornelia Knight, la baronne d'Armandariz, Mme. d'Esmangard, Mme. de Souza, Ivan Golovkine, Bonstetten, et ce type amusant du gentilhomme Comtadais, le chevalier de Sobiratz, lui envoient des nouvelles, des opinions, des appréciations littéraires. Les unes sont intelligentes, plusieurs sont . . . très amusantes tout de même: quelqu'un lui demande si elle a lu Han d'Islande, «roman dans le genre de Charles Nodier»; Walter Scott fait fureur; on s'arrache *l'École des Vieillards*, de Casimir Delavigne. Dans leur sottise ou leur naïveté, ces caquetages donnent une assez vive sensation de ces années de la Restauration toutes pareilles à cette année 1816 que Victor Hugo a si exactement décrite, par une accumulation de faits insignifiants (qui du reste sont tous des erreurs historiques). — Entretemps Fabre a surveillé la construction du monument de Vittorio Alfieri à Santa Croce; sa correspondance avec Canova est l'histoire toute entière, jour par jour, de cette œuvre du sculpteur vénitien. Maintenant avec la paix reprend à Rome la vie archéologique. Nos gens y ont des amis, le Cardinal Consalvi qui meurt peu de jours avant le pape qu'il voulait remplacer, le diplomate Suédois Akerblad qui donne dans l'étrusque, l'anglais Millingen qui ne rêve qu'archéologie, le sculpteur Bartholdy qui suit les fouilles du Campo Vaccino et fréquente chez messieurs les marchands d'oggetti di scavi, dans ces vigne de la voie Appienne, asiles propices des recéleurs et des faussaires. C'est un coin, un tout petit coin, de la Rome de Nibby et de Micali, de Piranese et de Stendhal, que nous laissent voir leurs correspondances.

À son tour meurt la comtesse, ayant fait en 1817 et refait et 1823 son testament, que Mr. Gache a gardé sous ses deux formes. Il a gardé aussi tout un lot de lettres d'héritiers déçus, de collatéraux indignés, d'amis qui jouent auprès de Fabre, légataire universel, le rôle de conseillers vertueux ou d'honnêtes courtiers. Le sigisbeo de la comtesse resta sourd à ces cris. . .

De retour en France, il se ressouvient qu'il est artiste. Il fait un voyage à Paris: les grands barons, — en ce temps-là, ce titre s'appliquait à des peintres illustres — lui font accueil: Gros, Girodet, Narcisse Guérin, Prosper Lethière, Percier, Fontaine, Géricault, Mérimée père, sont heureux de retrouver un camarade d'atelier, qui n'est plus un concurrent, — et qui a une grande situation de fortune: on essaye même de le retenir à Paris, et à son départ, on lui promet des lettres. L'histoire de l'art français peut abondamment y puiser: tous les salons de peinture de la Restauration, la lutte contre les pittoresques, l'amusant et parfois tragique tableau des rivalités et des jalousies d'artistes y revivent.

Le dernier groupe de ce long cortège est celui des thuriféraires. Fabre a préféré être le premier à Montpellier que perdu dans la foule à Paris. Parfois il a pu le regretter, s'il était capable encore de discerner la qualité d'encens qu'on brûlait à son nez. Ce sont maintenant des ratés de l'école de David, Gudin, Réattu, des gens de lettres de province, comme Labouisse Rochefort, des artistes de second plan, Révoil de Lyon, qui lui écrivent pour solliciter des autographes, pour demander des entrées au Musée Fabre, pour proposer des achats. D'Italie cependant lui viennent encore quelques succès: le monument qu'il consacre à la Comtesse d'Albany s'achève heureusement: Benvenuti, Cambrai Digny lui en racontent l'histoire; le peintre Boguet lui rappelle ses journées de Rome. Mais l'âge vient, aigrissant encore ce sec et égoïste personnage. Les amis disparaissent; ils ne se renouvellent pas. Fabre se brouille avec Montpellier: il refuse d'augmenter son musée de la belle collection archéologique de Sallier; il dissuade le montpelliérain Rey de léguer à la ville un beau cabinet d'histoire naturelle. Il n'a plus qu'un protégé intéressant: le rapin Férogio, un italo-marseillais, gai, joyeux, bruyant, le type parfait du logiste de l'École des Beaux arts, jugeant les grisailles d'Ingres, la couleur de M. Court, la patte de M. Hersent, tranchant sur tout, s'embrouillant un peu, et, — comme de juste, — attribuant à la jalousie contre l'atelier Gros son insuccès final au concours de Rome. Ces lettres sont les derniers éclats du soleil dans ce sombre crépuscule.

C'est donc le monde impérial, la société de la Restauration qui revivent tout entiers dans ces lettres. Parfois les acteurs sont puérils ou mesquins, et leurs discours médiocres: mais le décor soutient l'action; on sent des héros par derrière. Puissant ou déchu, détesté ou raillé, la préoccupation de l'empereur obsède même ces cosmopolites, et dès lors, peut-il être rien d'indifférent, là où l'on devine Napoléon?

II.

Cette série de lettres, — ce carteggio, — dont je viens d'esquisser une analyse chronologique, — la seule qui, ce me semble, puisse rendre bien compte de l'intérêt complexe et varié de notre dépôt, — est loin d'être ignoré, et il s'en faut qu'il soit vierge. On peut en rabattre de moitié. A ma connaissance, il a été déjà l'objet de trois enquêtes approfondies, celles de M. de Reumont, de S. R. Taillandier et de G. Mazzatinti. Ces trois auteurs se répètent ou se complètent, mais ils n'épuisent pas la matière.

Ce que M. de Reumont a cherché dans ces papiers, c'est le portrait de la comtesse d'Albany elle même, et le tableau d'un salon de Florence. M. de Reumont tient une large place dans l'histoire des relations intellectuelles italo-allemandes de notre siècle. Chargé d'affaires de Dresde à Florence, à cette déjà lointaine époque des grands ducs où la vie y était un carnaval perpétuel, où le bibliographe Colomb de Batines pouvait parfois travailler six mois de suite à la Laurentienne sans y voir un italien, où tout l'horizon des marquis se limitait de la file de voitures des Cascine à la rangée des palchi di primo ordine de la Pergola, M. de Reumont était doublement de loisir, comme diplomate chez les descendants de Machiavel et comme chargé d'affaires de la science allemande dans la patrie de Marucelli et de Magliabechi. Il dut plus d'une fois surprendre ses collègues par la vivacité de son intelligence et l'ampleur de sa curiosité. L'auteur de l'histoire de Rome, des Études pour servir à l'histoire d'Italie, de la Bibliographie italo-allemande de 1863, était certes dépaysé dans la cour inoffensive et oisive de Léopold II. Peut être voulut-il donner à ses contemporains l'idée de ce qu'était quarante ans plus tôt une royauté mondaine, un salon où l'on causait; peut être voulut-il faire une discrète satire des mesquines et froides intrigues de l'amour, telles qu'il les voyait se nouer sous ses yeux, en y opposant «les orages de la passion» et la fougue déréglée du cœur de la comtesse. L'essentiel de son livre, un peu pesant peut-être pour cette figure, c'est Louise de Stolberg elle même, sa liaison avec l'Alfieri, ses voyages, sa vie errante. Le séjour à Florence, et le règne de Fabre, ne forment qu'un épilogue. C'est surtout pour cette dernière partie, pour reproduire l'aspect de ce salon fameux et, d'après notre Paul-Louis, l'esprit des conversations qui s'y tenaient, pour en connaître les hôtes accoutumés et les visiteurs de passage, qu'il a eu besoin de nos manuscrits. L'obligeance de M. Paulin Blanc lui permit d'en avoir connaissance et d'en publier plusieurs fragments: quelques lettres de Gustave III., de Mme. de Staël, une célèbre lettre de Joséphine Bonaparte qui a été souvent citée, une autre de l'octogénaire Mme. du Bocage.

Ce sont les deux volumes de M. de Reumont qui ont amené Saint René Taillandier à s'occuper de la comtesse, pour laquelle il n'avait aucune sympathie (il y paraît), et de Fabre, pour lequel il professe un indulgent mépris. Sans l'ouvrage de M. de Reumont, M. Saint René Taillandier ne se serait pas occupé de

«ce dernier héritier d'une race royale tragique, tombée du trône d'Angleterre, une jeune princesse allemande sortie d'un couvent de Belgique, pour être la compagne de ce roi sans royaume, un illustre poète italien qui devient amoureux de cette reine et qui l'enlève à son mari, un peintre du midi de la France qui finit par hériter du prince et du poète».

Il ne se serait pas demandé, un peu solennellement,

«par quel concours de circonstances des personnes de condition si diverse se sont trouvées réunies dans ce romanesque imbroglio? quel a été le rôle de chacune d'elles; comment cet épisode se rattache à l'histoire générale, quel jour nouveau il peut répandre sur la société européenne à la fin du dernier siècle et au commencement du notre».

C'est donc surtout le côté romanesque et pittoresque de ces aventures que Saint René Taillandier a voulu raconter au public francais. Au demeurant son point de vue est le même que celui de son devancier, dont il ne donne qu'une élégante analyse, un brillant résumé, facile à lire même dans la Revue des Deux Mondes, où son travail parut d'abord. Saint René Taillandier y a cependant ajouté quelque chose: les documents, d'après les originaux de notre bibliothèque, relatifs au divorce de la comtesse, quelques billets de Charles Édouard, et un bref du pape; puis des considérations d'une morale très honnête, mais un peu prédicante et très déplacée, — car la cause est entendue, et personne ne songe à faire de la comtesse un parangon de vertu. On peut à peine dire que cette étude ait été puisée dans nos documents. Et quand même Saint René Taillandier, laissant entendre «que M. de Reumont n'a rien découvert», déclare que «l'on connaissait déjà les principaux détails de ces aventures», et que «la bibliothèque de Montpellier en conserve de curieux témoignages», nous avons peine à croire qu'il l'ait profondement fouillée, puisque, à part les billets et le bref déjà signalés, il n'a rien emprunté de nouveau à ce fonds, et qu'il ne cite que les documents publiés par Reumont, la lettre de Joséphine et quelques fragments de celles de Mme. de Staël. Petit trait bien caractéristique des habitudes littéraires d'un temps qui avait peur de l'inédit et du système d'érudition d'un auteur qui n'en concevait pas l'utilité.

Ce fut un autre sujet que Saint René Taillandier s'avisa d'extraire du fonds Fabre: À côté de Mme. d'Albany, nos documents mettent en lumière tout le groupe d'oppositions au régime impérial dont Coppet était l'un des principaux foyers. — Or peu de salons, même parmi les plus célèbres du XVIIIe siècle, ont eu une pareille renommée chez les contemporains et dans la postérité: la vogue de ce petit monde de gentilshommes libéraux, de doctrinaires gens du monde, d'hommes à principes et à passions, qui gravitaient plus ou moins autour de Corinne, — il suffira de citer B. Constant, Bonstetten, les Saussure, les deux Ampère, «la divine Juliette» Mme. Récamier, le bon Ballanche, les de Broglie, l'abbé de Brème, et enfin Sismondi, — a duré pendant toute la monarchie de Juillet et le second Empire, un peu grâce à Sainte Beuve, qui les a tous pourtraicts dans ses Lundis. Les mémoires et les souvenirs se sont entassés sur ce groupe de nobles et libres esprits, sans jamais lasser la curiosité. Hier encore la ferveur des derniers épigones de cette race était aussi vive qu'au premier jour, et tel lettré, qui, dans sa jeunesse entendit Ampère au sortir de l'Abbaye au-Bois, renouvelant la phrase de Suard, dire: «J'étais chez Mme. Récamier quand M. de Chateaubriand entra», amusait la sérénité de sa vieillesse à résoudre l'énigme d'Adolphe.[1]) Sous le second empire la curiosité littéraire s'émoustillait d'une petite guerre politique. Saint René Taillandier s'avisa donc que le carton 13 du fonds Fabre contenait une abondante série de lettres de Sismondi, qu'elles complètent ce qu'on sait de l'histoire de la colonie de Coppet sous l'Empire, que même elles révèlent« toute une partie ignorée de cette histoire, à savoir les rapports du chateau de Coppet avec la Casa Alfieri à Florence par l'intermédiaire de Sismondi.» Un autre auteur aurait simplement réuni cette question à celles qu'il avait traitées déjà à propos de la Comtesse. Mais il ne crut pas «au nom de l'art», pouvoir faire entrer dans sa narration toutes les lettres de Sismondi à sa «royale» correspondante. Pourtant ses habitudes de littérateur «à la main discrète et sobre», comme il s'intitule, ne prévalurent pas sur l'intérêt vraiment trop criant de pareils textes:

«Comment renoncer, dit-il, à des documents si précieux, à des jugements littéraires qui sont parfois des révélations, à des appréciations de l'ordre le plus élevé sur les grands évènements qui renouvelaient alors le monde, en un mot à tout un tableau du temps tracé au courant par le témoin le plus loyal et le plus assuré de ses principes?» Il en demanda pardon à Monsieur Buloz et au reste des

---

1) M. le président Cauvet, dans son Mémoire sur l'Adolphe de Benjamin Constant.

hommes, et publia les lettres de Sismondi en appendice à ses articles de la Revue. Felice colpa, car si l'étude sur Mme. d'Albany est vraiment peu significative, les lettres de Sismondi sont d'un intérêt universel.

Il est étrange que Saint René Taillandier, ainsi amorcé, n'ait pas feuilleté plus avant dans ces liasses. Il y aurait trouvé des pièces non moins curieuses, des témoignages de Bertin l'aîné, de Louis de Brême, de Mme. de Souza, de Mme. d'Esmangard, d'un égal intérêt pour l'histoire de ce temps. On ne peut même pas dire qu'il se soit restreint à ce choix exclusif des lettres du libéral Sismondi par une raison politique: car les autres témoignages étaient aussi ceux de gens assurés de leurs principes libéraux et non moins sûrs de plaire à l'opposition salonnière et orléaniste que représentait alors la Revue des Deux Mondes. Mais Saint René Taillandier, pour des motifs que j'ignore, s'en est tenu là. Cette abstention inexpliquée nous prive sans doute d'un recueil où, choisis «d'une main discrète et sobre» bien cuisinés «au nom de l'art», coupés aux bons endroits, et, — à parler net, tronqués et truqués, mais avec quelle élégance! Taillandier eût présenté ces documents «en maintenant sans pédantisme le droit de la vérité historique et de l'éternelle morale».

Voilà bien de l'emphase pour quelques autographes! L'éternelle morale n'a rien à voir à des publications de documents qui ne s'adressent en général qu'à un public «dont les principes sont assurés». La vérité a pour premier droit qu'on respecte absolument les textes. Choisir dans les textes inédits est un détestable procédé: la part qu'on en néglige comme dénuée d'intérêt est peut-être, vue d'un autre angle, la plus intéressante. Ainsi M. Saint René Taillandier a publié quelques lignes d'une lettre de Charles Édouard relative à ses démêlés financiers avec son frère le cardinal d'York. Ce qu'il a sacrifié n'est pas moins piquant, et une note aurait dû au moins nous en avertir: c'est un long passage sur la guerre de l'indépendance américaine; or, même, si les faits sont connus d'autre part, il est évidemment curieux de voir les défaites de la maison de Hanovre jugées par le dernier des Stuarts. Pour continuer l'étude des papiers de Fabre, il ne faudrait pas reprendre la méthode plus oratoire que précise de M. Saint René Taillandier.

Les érudits italiens qui sont venus à Montpellier poursuivre l'étude de plusieurs chapitres de leur histoire italienne se règlent sur d'autres principes. Ils ont publié ou republié de séries entières de ces lettres: celles d'Ugo Foscolo, qui étaient demeurées inédites, celles de l'abbé de Brême que Reumont n'avait imprimées que partiellement. Enfin un des plus laborieux italianistes et bibliographes d'outremont, M. Mazzatinti a patiemment inventorié et décrit tous les papiers du carton 11, c. à d. tout ce qui nous reste d'Alfieri et il a transcrit tout ce qu'il y avait là d'inédit. Les italiens ont donc maintenant à leur disposition, dans l'excellent Giornale Storico di Letteratura Italiana et dans le catalogo dei manoscritti Italiani di Francia, tout ce que la générosité de Mme. d'Albany à l'égard de Fabre a enlevé d'italien à l'Italie: elle n'en avait distrait que quelques pages pour les distribuer à des collectionneurs d'autographes. Fabre lui-même s'est cru autorisé à suivre plus tard cet exemple, mais, heureusement, ce que la collection Alfieri a perdu de ce chef est fort peu de chose. Ce système d'inventaires et de publications méthodiques, avec index, où sont relevées toutes les particularités, toutes les curiosités des documents est le seul réellement acceptable. Pour les papiers d'Alfieri, le dépouillement du fonds Fabre est donc fini, et il n'y a pas lieu de le refaire ici, mais ce n'en est que la partie en quelque sorte la plus extérieure.

Quant à ce fonds dans son ensemble, ceux qui l'ont examiné jusqu'à présent sont loin d'en avoir épuisé l'intérêt: non seulement ils n'en ont publié qu'une très-mince partie, mais cette partie même ils ne l'ont pas bien publiée. Ainsi Gustave III, écrivant à Mme. d'Albany lui dit un jour qu'il va passer les fêtes à Gripsholm, «dans son vieux chateau flanqué de quatre tours, qui ressemble assez à celui de Fundertentrunck». C'est l'F initial dont il orthographie ce nom qui sans doute interloqua M. de Reumont, lequel a flanqué le texte d'un majestueux point d'interrogation. La fâcheuse chose vraiment que ce point! Faut-il donc si naïvement avouer qu'on n'a point lu Candide? Et à quoi bon être ministre d'un prince allemand, pour n'avoir jamais visité le plus beau château de toutes les Westphalies? — Passe encore pour les fautes de lecture: on sait qu'une édition princeps d'un texte est toujours mauvaise! Je pardonne moins aisément à ces éditeurs les ciseaux qu'ils ont promenés dans les noms propres, «d'une main discrète et sobre», oh que non pas! Sans doute il faut tenir compte des susceptibilités que la publication de tel ou tel nom pouvait provoquer il y a trente-cinq ou quarante ans dans les milieux un peu collets-montés de la Revue des Deux Mondes. Il y a des familles académiques qui voudraient bien qu'on ne pût peindre Mme. de Staël qu'en buste! Sans doute aussi, tel fait d'intérêt psychologique n'a pas besoin d'être étiqueté d'un nom d'homme pour être intéressant; mais les noms propres, les noms célèbres ajoutent je ne sais quoi au piquant des anecdotes, ne servissent-ils qu'à les localiser, qu'à en dater la provenance, qu'à en empêcher la circulation, l'usure, le ravalement au rang d'ana, ils seraient utiles. Et dans ces lettres de Mme. de Staël ou de Sismondi, de Mme. de Maltzan ou de Millingen, comment établir la valeur des renseignements donnés par des tiers, si ces tiers ne sont pas nommées? Seuls au surplus les noms propres permettent d'achever par ces informations intimes le portrait des gens célèbres, et de restituer, par exemple, à la maréchale Lannes telle naïveté historique comme le fameux «Je ne suis pas lizarde», trop longtemps attribué à la maréchale Lefebvre: il y avait plus d'une Madame Sans Gène dans l'impérial décor de Fontainebleau. La révision des textes déjà publiés s'impose donc.

Enfin, à la biographie de la comtesse que Reumont a faite avec un vrai luxe de détails, nourrie et savoureuse, à celle de F. X. Fabre qu'a esquissée Saint René Taillandier presque à contre coeur, à l'énumération de leurs amis qu'ils ont tentée l'un et l'autre et qu'il faut reprendre, — à tout cela s'ajoutent diverses questions sur lesquelles ni Reumont ni Taillandier n'ont songé à interroger ces documents. A cinquante ans de la plus belle époque impériale, les souvenirs des moeurs de ce temps, de la vie intime étaient trop vivants, les contemporains survivants trop nombreux encore pour qu'on eût besoin de demander aux documents de bibliothèque des certitudes sur les mœurs et la vie de la génération précédente. La légende de l'unanimité impérialiste des Francais de 1810 était trop accréditée pour qu'on pensât à chercher dans les textes les vrais sentiments de l'opinion publique d'alors. On ne songeait pas à y étudier les origines de la société cosmopolite et son rôle dans la formation de l'opinion européenne et la diffusion de l'hostilité contre l'Empire, car ce rôle était encore méconnu. L'art impérial, le style Empire, était trop ignoré ou trop méprisé pour qu'on se souciât de son histoire, de la biographie de ses représentants. Sur tout cela des curiosités nouvelles se sont éveillées, qu'il faut satisfaire, et auxquelles notre fonds Fabre apporte de riches aliments. C'est le catalogue de ces matériaux utiles à la connaissance générale, — politique, artistique, sociale, — d'une grande époque, que l'on trouvera ci-après.

Akerblad, à la comtesse d'Albany. [A 24.][1])
Rome, 17 juillet et 13 septembre 1811; 9 juin 1812. Lettres curieuses sur les découvertes archéologiques faites alors à Rome.

Angiolini, à la comtesse d'Albany.
Paris ce 8 mars 1799.[2])

---

1) Les lettres A et F, suivies d'un chiffre entre crochets, désignent les liasses des deux séries qui contiennent actuellement ces divers documents.

2) Voici le début de cette lettre: «Il faut bien que je vous avoue, très aimable Madame la comtesse, que j'ai reçu dans son temps la lettre dont vous me parlez dans votre dernière du 14 février. Il faut même que je vous avoue que je ne vous ai point répondu. En attendant tous les jours la réponse que Mr. de Witt devait m'envoyer pour vous, les semaines se sont écoulées et je suis resté avec le désir d'accomplir à ce devoir. Cependant les dangers de la Toscane sont survenus; alors je n'ai plus eu un moment de liberté, mon travail de tout genre a été continuel, difficile et très laborieux. Ma santé elle même en a souffert. Enfin l'orage a passé, mais il y a eu toujours à faire pour en détourner les suites. En un mot ayant oublié tout, excepté l'objet qui me tient à Paris, même ma réponse à vous faire a été oubliée.

C'est bien assez pour une excuse. Je viens au sujet de votre nouvelle lettre, et il ne sera pas beaucoup ce que j'ai à vous dire. L'estampe du tableau de Socrate de David, soyez sûre qu'elle n'est pas encore faite; on s'est engagé à m'informer lorsque ce sera et vous l'aurez; c'est à dire vous l'aurez si je serai en état de vous la faire avoir. Je l'espère pourtant, malgré la grêle qu'on est à la veille de voir tomber; mais c'est toujours trés-sage de douter, car il n'y a rien de certain dans ce bas-monde.

Mad. de Chastillon a eu votre lettre, et j'ai averti hier au soir M. de Witt que sil veut vous écrire, j'ai une occasion prompte demain de vous faire avoir son paequet. Je ferai dire le mesme à Mad. de Chastillon . . .

d'Angiviller, à Fabre [F. 1] «Ce 6 mars 1791» [sans suscription]. Lettre intéressante pour l'histoire des débuts de Fabre.

[anonymes] à la comtesse d'Albany. [A. 10.]

1. au sujet d'une affaire non spécifiée de cession de biens, pour laquelle les pouvoirs de Mad. de Stolberg étaient nécessaires. — Écriture allemande.

2. «à la comtesse d'Albany». — «Lundi matin». Sans importance.

à Fabre. [A. 10.] «A Monsieur Fabre, en son hôtel». Sans importance.

d'Ansse de Villoison, à la comtesse d'Albany.

«Paris 4 décembre 1803». — Lettre de condoléances sur la mort d'Alfieri.

Apponyi (Thérèse) à la comtesse d'Albany. [A. 10.]

s. d. — Présentation de la comtesse Souvaroff, belle-fille du général «dont vous aurez souvent entendu le nom, car c'était pendant longtemps un nom de gazette assez célèbre».

Une autre lettre de la même, adressée à une correspondante inconnue, et non datée, est écrite à «ma chère au nom long ou court» et commence ainsi: «Bonjour, méchante petite, qui s'est tant moquée de l'embarras de sa pauvre Thérèse».

Arbaud Jouques (M. d') à Fabre et à la comtesse d'Albany. [A. 17.]

à Fabre) 24 octobre 1801; 12 janvier, 24 février, 4 avril, 21 août 1811.

à la comtesse) Aix (en Provence) 1810, 3 septembre, 29 novembre; Jouques 15 octobre 1811; Aix, 1812, 12 janvier, 21 septembre, 1813, 1er avril; Nîmes, 1815, 10 septembre; 1816, 18 juin; 1818, 3 octobre; 1823, 14 septembre, Dijon.

Lettres intéressantes sur la situation politique en France, le mouvement des esprits, et la psychologie des fonctionnaires impériaux.

Arberg (Comtesse d'), née de Stolberg, à Fabre. [A. 28.]

s. d. 11 avril [1824]. Relative à la mort et à la succession de la comtesse d'Albany.

Armendariz[1]) (La baronne d'), à la comtesse d'Albany. [A. 9.]

3 décembre 1823.

Artaud, à Fabre. [F. 22.]

Rome, 25 août 1821 (sans importance); 17 avril 1832 (id.). Avignon, 10 décembre 1832 (présentation à Fabre du vicomte Ernest de Brosses, petit fils du célèbre président); Avignon, 21 janvier 1834 (présentation de M. et Mme. de Parange, visiteurs du musée).

1) Une note fournie par Paulin Blanc aux éditeurs des lettres de Foscolo signale des lettres de cette dame, datées du chateau d'Armendaris en Savoie. Il n'en reste qu'une.

Aubry-Lecomte, à Fabre. [F. 12.]
1824, 15 août, 20 novembre; 1825, 11 mars. Relatives à un envoi de cent quarante épreuves de la gravure du portrait du fameux chien de Fabre, «le beau Pyrrhus», que lui avait commandée le peintre.

Averton (M. d'), à Fabre. [F. 18bis.]
«à Monsieur | Monsieur Fabre | au Museum | Montpellier». — «Neuf-Brisach, ce 12 may 1827». — Minute de la réponse de Fabre.

d'Ax d'Axat (Le marquis) à Fabre. [F. 18bis.]
«à M. | M. le chevalier Fabre», 8 décembre 1827; «à M. le baron Fabre», 2 mai 1829. Sans importance.

d'Azeglio (La marquise d') à la comtesse d'Albany. [A. 10.]
«24 décembre . . .» Envoi d'un tableau de son fils.[1])

d'Azeglio (Cesare d'), à Fabre. [F. 26.]
s. susc. — Turin 29 février 1820. Relative au complot des Treize. — Minute de la réponse de Fabre.

Baldelli, à Fabre. [F. 23.]
s. susc. Florence, 5 février 1828.

Baroffi, peintre en batiments. [F. 18bis.]
Note de peintures à faire au musée de Montpellier.

Barrett, à Fabre. [F. 22]
Billet non daté, sans importance: excuses pour un rendez-vous manqué.

Bartholdy, à Fabre. [F. 26.]
Rome 9 avril 1823. Lettre archéologique. Une note de F. dit «Répondu le 19», mais la minute de la réponse n'a pas été conservée.

Bartolini, à Fabre. [F. 10.]
«à M. Fabre à son palais de Via Chiara». 5[2]) février 1820 [Florence]. Exprime les regrets de MM. Vernait (sic) père et fils, qui n'ont pu lui faire visite. — «à M. Fabre, peintre d'histoire, chez lui» Florence, 25 mai 1824. Invitation à venir visiter son «atteiller» (via delle Belle Donne) «pour me donner vos conseilles sur un model» que je suis presque à la fin d'achever — Sans suscr; s. d. «a Carrara, alla Achadima (sic)

---

1) «Votre constante amitié et vos bontés pour nous tous m'encouragent Madame, à vous présenter une bagatelle que mon fils Maxime me charge de vous offrir à l'occasion des étrennes. C'est celle d'un enfant, rien de plus, mais en l'acceptant vous lui donnerez un grand prix. Veuillez donc l'agréer et le placer parmi les souvenirs de ceux qui vous doivent beaucoup de reconnaissance et qui vous sont très dévoués. Voila en abrégé le sentiment du fils et de la mère, qui vous souhaite particulièrement en cette occasion tous les bonheurs. 24 décembre. La marquise d'Azeglio. Si vous avez un autre livre à m'envoyer, je vous en prie». Pour Madame le comtesse d'Albany en son hotel. — Fabre a écrit sur cette lettre: «C'est le Tableau du Brigand qui est au Musée». [Aujourdhui n° 472 du catalogue.]

2) Peut-être 3, la lecture est douteuse.

Eugeniana». Demande à lui emprunter un buste d'Alfieri pour un monument «perche vorrei fare un gruppo in onore di questo immortal mio patriotta».

Beaufort (Duc de) à la comtesse d'Albany. [A. 12.]

Vienne, 25 avril et 10 sept. 1808. — Réponse à une proposition de mariage entre une de ses filles et le duc Strozzi. Ces lettres donnent des détails précis sur ce personnage et sa famille, la duchesse de l'Infantado sa belle mère, sa fille duchesse d'Ossuna, et son autre fille princesse Spada.

Beauharnais (F. de) à Fabre. [F. 13.]

s. d., 7 février 1808. lui transmet une lettre de V. Denon.

Bellini (C.) à Fabre. [F. 22.]

»s. d., 3 maggio 1824«. Relative à une expédition de bagages à Francfort. (Il s'agit de la part de succession laissée par la comtesse à ses héritiers naturels, et qui consistait surtout en vêtements, schalls, bijoux et faïences.)

Benvenuti, à Fabre. [F. 23.]

[Florence], Dallo studio, li 16 novembre 1813. Paris, 24 septembre 1815. — Florence, . . luglio 1822, 11 février 1825, 2 septembre 1825 (avec la minute de la réponse de Fabre, 17 septembre); 1826, 3 octobre et 15 décembre; 1827, . . avril (Rep. du 20 août) et 16 août (Rep. du 22 octobre, retardée par Fabre à cause de sa goutte); 1828 5 février, 6 mars (Rep. du 5 avril) et 27 septembre (Rep. du 1er novembre); 1829, 9 mars (Rep. du 4 juin) et 22 décembre (Rep. du «14 1830» (sic); 1831, 10 juillet (Rep. du 2 septembre); 1833, 14 novembre; 1834, 10 mai (Rep. le 20 mai) et 18 décembre. — Trois billets non datés.

La première de ces lettres est relative au portrait de Canova «Profitto della sua gentilezza per pregarla di prestarmi per pochi giorni il bel ritratto del sig. Canova da lei dipinto, per che possa ultimarne la testa nel mio quadro come domenica si disse. Il latore è diligentissimo e lo porterà con tutta l'attenzione . . . .» Dallo studio li 16 novembre 1813.

La lettre de 1815, fort importante, donne une relation de la spoliation du Musée du Louvre par les alliés. Toutes les autres sont relatives à l'érection du monument de la comtesse d'Albany à Santa Croce.

Bertin l'ainé, à Fabre. [F. 19.]

[Paris], 1808, 4 septembre; 1809, 7 janvier; s. d. (Rep. 21 mai 1811); 1813, 13 avril, 8 décembre; 1821, 15 septembre; 1823, 4 mars, 23 mai (rep. 12 juillet), 12 septembre (rep. 2 décembre), 17 novembre (rep. 4 décembre); 1824, 24 janvier (rep. 10 février), 14 février, 6 et 28 juillet; s. l. n. d.; jeudi 9 décembre, 10 décembre; 1825, 4 février [minute de la réponse de Fabre], 29 mars, 13 et 30 avril; 1826, 8 août; 1830, 16 février.

à la lettre du 20 mars 1825 est restée annexée une «note de Fabre pour M. Renouard, libraire, datée du 12 mars».

Publiées Nouvelle Revue Rétrospective (1896) IV, p. 1—48[1]); Les Correspondants du peintre Fabre pp. 1—50.

Bertin (Armand], à Fabre. [F. 27.]

«5 mai . . .?» Invitation à la campagne chez son père, pour le dimanche suivant, 10 mai: «M. Gérard lui a promis d'être de la partie.»

Bertrand (M. de), à la comtesse d'Albany. [A. 6.]

Paris, 17 août et 18 novembre 1815. — Intéressants documents sur l'état de l'opinion en France.

Bezzuoli, à Fabre. [F. 27.]

[Florence], «dal mio studio», 17 août 1821. Envoi et recommandation d'un modèle: «Le mando un bel vecchio, ed essendo l'unico che si trova in Firenze, credo di farle un regalo.»

Bioche-Delisle, à Fabre. [F. 2.]

s. susc. — 12 mai 1791. — Sur les débuts de Fabre.

de Blacas d'Aulps (Duc), à Fabre. [F. 15.]

Blacas, 8 novembre 1814; Rome 1817, 2 et 14 juillet, 12 août, 18 septembre, 2, 4 et 11 octobre; Castel Gandolfo, 15 octobre; Rome, 23 octobre, 6 novembre et 24 décembre; 1819, 12 janvier, 16 février; Naples, 30 mai 1821; un billet daté simplement de «ce samedi». A ces lettres sont jointes une lettre d'affaires venant de *l'agente* de la casa Strozzi, et la minute (non datée) d'une lettre de Fabre.

Correspondance relative à l'achat par M. de Blacas du musée numismatique des Strozzi.

du Boccage (Madame), à la comtesse d'Albany.

Lettre sans date. Publiée par Reumont, op. cit. II. 204.

Boguet (Nicolas Didier), à Fabre. [F. 7.]

Rome, 2 septembre 1812; 11 mars 1813; 7 et 21 mars 1815; 23 janvier 1817; 2 avril 1820; 11, 13 janvier, 5 février, 12, 31 mars, 15 avril, 26 avril, 3 juin 1821; 29 décembre 1822;

1) La Revue Rétrospective a omis de publier le texte de la lettre du 8 décembre 1813 que nous donnons ci-dessous: «Pour cette fois, mon cher Fabre, ce n'est pas moi qui ai tort. Depuis la dernière lettre que vous m'avez adressée, vous en avez reçu deux de moi l'une par la fille de Madame Lenormant, et la dernière par la poste. Celle-ci même étoit d'une longueur à ne pas finir, le tout sans reproche.

Que faites-vous? Que devenez-vous? Peignez-vous toujours? Restez-vous en Italie? Comment se porte madame la comtesse d'Albany? A-t-elle renoncé à la France? Rappelez-moi à son souvenir, en lui présentant mes respectueux hommages. Que de choses vous avez à me dire! Quant à moi, je ne vous en dirai pas plus aujourd' hui pour vous punir de votre éternel silence. Songez que la dernière lettre que j'ai reçue de vous est celle qui m'a été remise par Girodet.

Mille amitiés à M. votre frère. Tout à vous Bertin.

8 décembre 1813.

P. S. Vous pensez bien que dans les circonstances mes malheureuses affaires ne s'améliorent pas: heureusement le courage ne diminue pas, mais j'en ai besoin. Je demeure toujours vieille rue du Temple n° 75.

21 juin 1823; 24 août, 4 et 7 novembre 1825, 24 mars 1826; 8 février 1834.

Publiées Nouvelle Revue Rétrospective, IV, 313—336. Les correspondants du peintre Fabre, pp. 121—149.

Boïeldieu, à Fabre. [F. 12.]

«Montpellier, 14 novembre 1831». Remerciements pour le portrait et l'autographe d'Alfieri que Fabre lui a donnés. Excuses sur sa mauvaise santé qui le prive de visiter Fabre.

Boilly, à Fabre. [F. 9.]

Lettre sans date. Remerciements. Demande à Fabre s'il veut acheter son tableau de L'Arc de Titus Minute de la réponse de Fabre: refus assez brutal. (Il n'achète plus de tableaux ni d'objets d'art.)

Bonaparte (Joséphine), à la comtesse d'Albany. [A. 9.]

Lettre sans date. Publiée par Reumont, II, 174, et Saint René Taillandier, II, 157. C'est le dernier reste d'une correspondance qui fut importante et dont on voit assez quel serait l'intérêt.

Bonstetten (M. de), à la comtesse d'Albany. [A. 21bis.]

Genève, 13 juin 1808 (Reumont II, 175), 4 avril 1810 [ibid. II, 177], 6 novembre, 21 décembre; 1811, 1er février, 21 mars; 1812, 4 octobre; 1817, 4 mars. La Bibliothèque possède des copies de quelques lettres de Mme. d'Albany à Bonstetten, datées du 8 octobre, 23 décembre, 28 janvier, 9 juin, 13 juillet, 9 février.[1])

---

1) L'entrée de ces copies de lettres de Mme. d'Albany a été l'objet d'une petite négociation entre M. Blanc et M. de Steinlein par l'intermédiaire de M. F. Forel de Morges (près Lausanne). Les six copies furent échangées contre des copies des lettres originales de Bonstetten, appartenant à M. Steinlein, auteur d'une étude biographique sur Bonstetten, publiée à Lausanne en 1860. M. Forel les envoya à M. Blanc avec quelques appréciations intéressantes sur ces lettres «très curieuses, très-caractéristiques», et qui «nous permettent de lire jusque dans les derniers replis du cœur de l'épouse du dernier des Stuarts». M. Forel émettait le vœu que ces lettres pussent intéresser M. S. Taillandier (lettre du 27 avril 1861, Morges). A ces lettres étaient jointes des «observations» de M. Steinlein qu'il n'est pas inutile de reproduire.

Observations.

Les six lettres précédentes se trouvent dans les papiers laissés par Charles V. de Bonstetten à son amie Mlle. Sylvestre, et sont maintenant en la possession de M. Dominicé de Genève, neveu de Mlle Sylvestre.

Aucune de ces lettres ne porte de signature ni de date d'année, mais il est facile de rétablir l'une et l'autre. Quant à la personne qui a écrit les lettres, le n° 6 porte sur la couverture écrit de la main de Bonstetten «seule lettre qui me reste de la comtesse d'Albany. Ce mot pourrait faire croire que les 5 autres lettres, d'une écriture moins ferme et d'une orthographe bien plus mauvaise encore, ne sont point de la princesse, mais leur contenu ne laisse aucun doute lorsque on les compare avec les souvenirs de Bonstetten. Celui-ci les aura probablement retrouvées vers la fin de sa vie.

La date n'est pas plus difficile à fixer. Les n° 2 et 3 ont été écrites pendant l'élection du successeur de Clement XIV; la nomination de Bonstetten au grand conseil de Berne qui eut lieu à Paques 1775 est mentionnée dans le n° 2 comme à faire et dans le n° 4 comme faite; enfin les lettres de Mlle.

Borghese (Prince Camille), à la comtesse d'Albany. [A. 8.]
sans susc. Pise, 31 décembre 1823; «mardi 27 janvier». Sans importance.

Borri (Onofrio), à Fabre [F. 2] et à la comtesse d'Albany. [A. 27bis.]
à la comtesse) 14 avril 1810, 14 août 1810.
à Fabre. Note non datée, au sujet d'une acquisition de nielles.

Bossi (Giuseppe), à Fabre. [F. 24.]
Milan, 20 août et 19 novembre 1800. (Envois de gravures. Sans importance.)

Bourbon di Sorbello (Diomede). [A. 27.]
Sonnet: Sul mausoleo di Vittorio Alfieri.[1]) Vers (italiens) à la comtesse d'Albany).

Boutourline, à Fabre et à la comtesse d'Albany. [A. 20.]
à la comtesse) — S. l. n. d. Réponse à ses condoléances sur la mort de la comtesse Boutourline, «sa compagne depuis vingt cinq ans.» — Rome, 9 mars 1822. Pittoresque tableau de la vie des étrangers à Rome.
à Fabre) 31 décembre 1823. Il lui demande «comme un acte de charité» de lui donner des nouvelles positives de la santé de la comtesse [d'A.] «car les gens à la porte de la comtesse débitent sur sa santé des fagots auxquels on ne peut rien comprendre.»

Boyer, neveu et agent du prince Lucien Bonaparte, à Fabre. [F. 16.]
1808, Canino 10 et 22 décembre; 1809, 4 janvier, 16 février, 17, 22, 29 mars, 11 mai. Minutes des réponses de Fabre aux lettres du 22 et 29 mars.
Correspondance relative aux portraits par Fabre du prince Lucien et de la femme.

Braccini, à Fabre. [F. 14.]
Aix, 10 novembre 1831 (sans intérêt), 18 nov. 1831 (relative à l'affaire Sallier) (V. ce nom).

Brandi, à Fabre. [F. 15.]
Sans importance. V. Blacas d'Aups.

---

de Maltzan, dans lesquelles celles de la comtesse étaient probablement renfermées, portent les dates du 23 décembre 1774, du 9 juin et du 13 juillet 1775, ainsi les mêmes pour le jour et le mois, d'où l'on peut facilement conclure l'année. Le souvenir de Bonstetten qui avait quitté la princesse à la fin de l'été 1774 était encore frais comme on peut s'en apercevoir. Le n° 6, adressé à Bonstetten à Rome et mentionnant le séjour de Mme. de Stael à Vienne est de 1808. J'ai conservé fidèlement l'orthographe de originaux ainsi que la ponctuation ou plutôt l'absence de ponctuation. Lausanne 23 avril 1861. Aimé Steinlein». La plupart des lettres ici citées par Mr. Steinlein, notamment celles de Mlle. de Maltzan, ne paraissent pas s'être conservées dans la collection de M. Dominicé. La lettre n° 6 (du 9 février), a été photographiée et il existe quelques exemplaires de cette reproduction.

1) «Nel quale ammirasi egregiamente scolpita la statua dell' Italia che piange». Ni le sonnet ni les vers n'ont beaucoup d'importance, non plus qu'une ode italienne (anonyme) à Canova sur le même tombeau, qui y est jointe.

Brême (Louis de) [A. 25], à la comtesse d'Albany.

Milan, 8 octobre 1807; 2 juin 1812 (1810 A. T.); 3 août 1814 (5 août A. T.); 9, 28 octobre 1814; 1er décembre 1814; Milan, 6 . . 815 (6 janvier 1815); Milan, 22 avril, 4 septembre 1815; Milan, 25 mai, 15 juillet 1816; Milan, 14 et 15 septembre, 24 (26. A. T.) et 30 octobre 1816; Milan, 25 (28. A. T.) avril. Genève, 6 août; Milan, 7 et 29 octobre 1817; Milan, 8 sept. et 25 octobre 1818 (28. A. T.); Coppet, 8 août; Milan, 15 et non 13 octobre; 10 novembre 1819; Quelques méditations philosophiques tirées d'un plus grand ouvrage sur l'esprit et les moeurs du jour, écrit pendant les années 1812, 1813; avant propos: 4 pp. in 4⁰ impr.

V. Antona-Traversi et Bianchini, Lettere di Ugo Foscolo alla contessa d'Albany.

Brême (Le marquis de), à la comtesse d'Albany. [A. 25.]

Turin ce 12 février 1821. Envoi d'une médaille d'argent représentant Alfieri.

Bristol (Lord), à Fabre. [F. 17.]

Rome, 16 novembre 1802. à M. Fabre | peintre francois. Florence «Malgré l'escroquerie de ce scélérat de Scalini, il peut faire de nouveaux achats et il le prie de lui envoyer au plus tôt le dessin du second Philoctète dont le prix est convenu pour trois cents zechins»; Ibid, 2 décembre 1802.« Mons. Fabre, peintre, chez Mons. Fenzi. Mons. Fenzi aura la bonté de payer à Mons. Fabre cent louis d'or d'abord qu'il lui remettera complètement fini son tableau de S. Pierre en prison et cela au lieu de dix zechins par moi. Sig: (Bristol.) Voila, Mons. Fabre, l'arrangement que vous désirez et qui vous fera travailler avec autant d'agrément que de talent. Bristol.

Brun, curé de Sainte Anne, au docteur Fabre. [F. 2.]

Sans suscr. Montpellier, 28 juillet 1806. Commande d'un tableau pour son église.

Brun (Frédérique), née Münter, à la comtesse d'Albany. [A. 9.]

s. d. [offre de faire chanter sa fille Ida chez la comtesse.] — Rome, 31 octobre et 21 décembre 1808. (Nouvelles politiques et archéologiques.) — Sophienholm, 10 novembre 1821: «. . . Je puis vous donner, Madame, les meilleures nouvelles de votre ami de Bonstetten. Il se sent rajeunir d'année en année. Mon cher Prince de Danemark et son angélique épouse l'ont vu ainsi jusques vers la commencement de ce mois. Ce vieillard charmant est l'enfant gâté de la ville de Genève, ville sage et qui sait bien quelles espèces d'enfants on peut gâter sans les gâter.

. . . Vous priez pour les Grecs avec moi, je le sçais. Trouvez-vous pas bien impertinents les publicistes qui veulent mettre en parallèle la légitimité des maisons régnantes de l'Europe et leurs droits incontestables, avec le Barbare de Constantinople qui n'a pas d'héritiers légitimes? . . . .»

Brunetti (Le comte L.), à Fabre [F. 17] et à la comtesse d'Albany. [A. 14.]

à Fabre: . . 22 février 1830 (Envoi de deux ouvrages de Cean et Llaguno sur la peinture et l'architecture en Espagne: «Les choses, et surtout celles qui concernent le roi, ne se font pas vite en Espagne»). Aranjuez, 31 mai 1830 (Il le prie d'affranchir ses lettres).

à la comtesse: Madrid 1817, 15 août, 31 octobre; 1818, 2 mars, 30 septembre, 30 décembre; 1819, 3 mars, 30 juin, 18 septembre, 15 décembre; 1820, 20 juin, 22 décembre; 1822, 15 avril. — Correspondance importante sur la situation politique et morale de l'Espagne à cette époque.

Bulli, à Fabre. [F. 24.]

s. d. 28 février 1828 (relative à une estampe).

Burghersh (Camilla), à la comtesse d'Albany.

s. d. — (Au sujet de son portrait par Sir Lawrence. Rendez-vous pour aller le voir).[1]

Calamai (de), à la comtesse d'Albany. [A. 1.]

de Cese, 11 mai, s. d. (sans importance).

Caluso (L'abbé de), à la comtesse d'Albany et à Fabre. [A. 3.]

à Fabre: 17 décembre 1805 en francais, (avec deux copies de la *Protesta de' correttori della stampa*, de la main de Fabre);

à la comtesse: 1804, 21 juillet; 1808, 14 avril, 11 mai; «à Mad. la comtesse d'Albany, née princesse de Stolberg à Florence», 1813, 3 et 24 octobre, 1er, 3 et 15 novembre; 1814, 25 mars; 1815, «i 25 del 1815» (gennaio), 1er février 1815.

une lettre sans date. Inc: «Il pourrait se faire . . .»

Cambray-Digny, à Fabre. [F. 25].

Paris, 9 avril 1824; Villiers, «aux Erables», 17 juin 1824; Florence, 17 février 1825; 12 septembre 1826 (min. rep. Fabre); 28 juillet et 30 août 1827; 25 novembre 1828; 31 décembre 1829 (min. rep. 16 janvier 1830), 22 février 1830; 6 novembre . . . (s. d.).

Correspondance relative à l'érection du monument à la comtesse d'Albany.

Canova (Antonio), à Fabre et à la comtesse d'Albany. [A. 27. 27bis et 28bis].[2])

à la comtesse: 2 (Reumont, op. cit.) et 16 mars 1804; 17 oct. 1807; 23 décembre 1808; 15 jllet 1809; 6 janvier 1811, 3 mai, 16 août, 1er septembre et 7 octobre 1812; 1er janvier 1818; 29 mai 1819, 15 juillet 1820 (Reumont op. cit. II, 188) lettre sans date (probabt. 1820).

---

1) Offre de sa loge, «la meilleure du Théatre», pour aller entendre Mirra jouée par la Marchionni.

2) Il faut ajouter à ces lettres tous les comptes, reçus, lettres de voiture et papiers d'affaires relatifs à la construction du tombeau d'Alfieri, qui remplissent les liasses 28 et 28 bis.

à Fabre: 7 octobre, 9 novembre 1804; 15 août, 25 septembre, 31 octobre (min. rep. Fabre), 21 novembre 1807; 25 juin, 7 et 30 juillet 1808; 23 février 1810; 18 juin 1813; 2 mars et 24 avril 1814; 22 juin 1820.

au docteur Fabre: 31 mars, 13 avril, 4 mai, 2 et 10 juin et 21 novembre 1810.

principales pièces et reçus: 1808, 11 juillet, 30 juillet, 23 et 24 décembre; 1809, 28 mars, 8 juillet, 30 décembre; 1810, 30 septembre, 2 octobre, 31 décembre.

Canova (abbate Gian-Battista), à Fabre et à la comtesse d'Albany. [A. 27. 27bis.]

à la comtesse: 1812, 13 février, 28 août; 1814, 30 octobre.

à Fabre: 1806, 8 et 22 mars, 23 avril, 2 mai, 29 août; 1807, 8 et 31 janvier, 16 et 28 mai, 20 décembre; 1808, 30 avril, 28 novembre, 23 décembre: 1809, 6 et 13 janvier, 1er, 15 et 29 avril, 27 mai, 14 juin, 8 juillet; 1811, 23 février, 6 mars, 6 avril.

au docteur Fabre: 27 février 1811.

Capponi (Gino), à la comtesse d'Albany. [A. 13.]

22 juin, 24 septembre, 10 décembre 1819; 6 mars 1820. — Lettres très-intéressantes sur la situation politique et sociale de l'Angleterre.

Cardito (Le prince de), à la comtesse d'Albany.[1]) [A. 13.]

20 décembre 1813.

Castellan, à Fabre. [F. 20.]

Paris, 10 mai, 18 juillet, 23 octobre 1808; 30 août, 3 décembre 1813; 28 septembre 1815; 18 novembre 1821; 18 mars 1822; 24 janvier 1823; Paris . . . janvier 1825; «5 janvier»; Fontainebleau, ce 13 avril 1828; Paris, 6 février 1829 (avec minute de réponse de Fabre); Paris, 28 février 1829; Fontainebleau, ce . . . juillet 1829; Paris, 22 décembre 1829; Fontainebleau, 23 sept. 1830; Paris, 10 décembre 1831; 17 avril . . . .

Correspondance d'un caractère intime, riche en détails biographiques, mais presque complètement dépourvue d'intérêt littéraire et artistique.

---

1) «Voilà, Madame la comtesse, la guerre d'Espagne finie avec valeur et intelligence militaire et politique. Voilà un successeur à la France et voilà une armée dont elle peut disposer. Enfin voilà une nouvelle gifle à l'Europe, et voilà la France de nouveau prépondérante. C'est à un poète à qui on doit principalement tout cela. A propos de poète, vous devez avoir le marquis Gargallo, excellent pour un salon; c'est un poète aussi. Il a traduit Orace.

Voilà un pape sage à ce que l'on dit. Il n'est pas de la façon de Consalvi: il a mené trop cavalièrement le sacré collège du vivant du pape pour en disposer dans ce conclave. Il devroit s'occuper de sa santé et de jouir de l'heureuse oisivité le reste de ses jours. J'espère que votre santé est bonne. Je vous prie de me l'apprendre et de me croire avec respect. Le Prince de Cardito. Nap. ce 20 oct. 1823. Suscr: «A Madame | Madame la Com | tesse d'Albany | née princesse Stolberg | à Florence.

Chauvin, à Fabre. [F. 6.]

»à Monsieur F. K[er] (sic) Fabre, peintre d'histoire à Florence. Rome, 22 mai 1812 (envoi à la comtesse d'Albany d'un tableau qu'elle lui paie cent piastres); Rome, 12 juin 1825 (il travaille à un tableau de 12 × 9 pouces pour un amateur de Montpellier); 22 juillet 1825, réclamation d'un paiement de cinq cents francs: «Le tableau de Watelet a été payé autant», et c'est le prix que lui offrent des marchands de Paris pour la même dimension, «dont je soigne beaucoup le fini».

Chazelle (M. de), à Fabre. [F. 22.]

Lettre sans date, mais de fin 1831 ou janvier 1832. (Réponse de Fabre le 18 janvier 1832.) Déplore, d'après les Mélanges Occitaniques, que Fabre ait été mis à l'écart de la direction de son musée.

Chiappini, à Fabre. [F. 27.]

»Au Cap de Bonne Espérance, 7 mars 1805:« In questa colonia appena sanno ne vogliono sapere che cosa sià pittura«.

Cicciaporci, à Fabre. [F. 26.]

[Florence] ce 14 février 1820. (Consultation sur la goutte.)

Cicognara (Léopold), à la comtesse d'Albany et à Fabre. [F. 27.]

à la comtesse: Venezia, 23 décembre 18 . .? (sans importance; signalons cette appréciation sur sa femme, dont le nom suit: mia moglie destinata a vivere qui non avvi luogo fatalmente ov'ella stia peggio di salute e d'umore.)

à Fabre: Venezia, 17 juillet 1813 (Monument d'Alfieri. Maladie de son fils à Vienne); Padova, 11 novembre 1816 (Recommandation de M. Beer de Berlin »conoscitore ed amatore di belle arti . . . che si dirige in Toscana per avervi delle opinioni franche ed oneste«.

Cicognara (Lucia), femme du précédent, à la comtesse d'Albany. [F. 27.]

s. d., en français. (Nouvelles de la santé de son mari); s. d. 14 avril, en italien (rend à la comtesse les Mémoires de la Fontaine).

Cimiane (Mme de), à la comtesse d'Albany.

5 janvier 1824, lettre dictée. Nouvelles de sa santé «assez bonnes eu égard à son état de faiblesse». Nouvelles de quelques personnages.[1])

Clarac (De), à Fabre. [F. 22.]

Paris, 16 mai 1822: (Demande de renseignements bibliographiques.) En 1794, vous aviez quelquefois la bonté de me donner vos conseils; . . . j'ai eu l'honneur de vous revoir à Florence en 1813 en revenant de Naples . . . .«

---

1) «M. Del Cairo, qui est revenu dernièrement de Rome nous a donné (de vos nouvelles) qui nous ont fait plaisir. Mme. de Marin va entreprendre sous peu de jours ce voyage classique. Je l'envie fort, car elle aura le bonheur de vous voir. Un autre piémontais, le comte Castiglione, est aussi parti il y a peu de jours pour Florence».

Clarke, duc de Feltre, à Fabre. [F. 17 et F. 18.]

Paris, 31 août; Berlin, 26 décembre 1806; Paris, 15 mai 1809 (lettre signée Le Comte d'Hunebourg); Paris, 22 février 1810: envoi d'une gravure: «Le ministre de la guerre espère que M. Fabre voudra bien lui permettre d'acquitter ainsi sa dette»; 9 octobre 1810; Paris, 10 août 1814 (minute de la réponse de Fabre); Puteaux, 10 octobre 1814; s. d. «au citoyen Fabre».

Clarke (Françoise) duchesse de Feltre, à Fabre. [F. 18.]

Paris 1808, 15 mai (Réponse de Fabre), 27 juin (id.), 4 septembre (id.), 11 novembre; 1809, 14 mai, 16 juin (rep. de Fabre), 31 juillet (id.), 18 août, 29 décembre; 1811, 4 janvier, 9 janvier, 1er, et dernier mars, 26 mai, 29 septembre; Paris 1813, 19 janvier, 12 et 14 mars, 19 juillet; 1822, 24 août, 31 octobre (contenant une lettre du baron de Castille): 1823, 20 janvier; 1824, 18 février: s. d. (minute de réponse datée du 17 décembre 1825): Paris, le 13 juillet 1826 (minute de réponse). — Une lettre datée de «Puteaux, le 1er septembre . . . .» et deux billets s. d., dont les incipit sont «Je me hâte, Mr.» et «Vous êtes trop bon . . .» —

Il y a deux minutes de lettres de Fabre à la duchesse, datées de Florence, 15 janvier 1808 et 14 mars 1811, auxquelles celle-ci a répondu le 15 mai 1808 et le 26 (ou le 31) mars 1811; un reçu de trois caisses par l'aide de camp Leclerc (1er mars 1811) et un reçu par Fabre d'un groupe en bronze, du 17 juillet 1805. A la lettre du 31 oct. 1822 est annexée une lettre du baron de Castille.

La Correspondance de Fabre avec le duc et la duchesse de Feltre est des plus importantes pour la biographie du peintre et l'histoire des mœurs.

Consalvi (cardinal), à la comtesse d'Albany. [A. 1.]

Rome, 2 mars 1804: «La prego di miei complimenti a M. Fabre e le bacci divotamente la mano con tutto il cuore.»

Porto d'Anzio, ... décembre 1823, 1er, 6, et Rome, 17 janvier 1824. Sur le revers de cette dernière lettre, de la main de Fabre: «Di S. E. il cardinale Consalvi, che mori 7 giorni dopo la presente lettera.»

Corckill, à Fabre. [F. 22.]

s. d. [Annonce de la visite de Sir John Murray.]

Corsi (Tommaso), à la comtesse d'Albany. [A. 13.]

Turin, ce 25 janvier 1809.[1])

---

1) Voici le texte de cette lettre malheureusement assez abîmée: «Madame, Je profite de la permission que vous m'avez accordée Madame la comtesse pour vous donner de mes nouvelles et de mon voyage qui a été très heureux et sans la moindre inquiétude, même de la part des douanes,

Corsini, à la comtesse d'Albany et à Fabre. [F. 22.]

à la comtesse: Vienne, 21 octobre 1814. Recommandation pour le comte de Buol Schevenstein, ministre plénipotentiaire de S. M. l'Empereur en Toscane.

à Fabre: 30 août 1824 (Remerciement pour la gravure lichtographique (sic) du chien de Mme. la comtesse d'Albany (Pyrrhus).[1])

Courier (P. L.), à la comtesse d'Albany. [A. 20.]

Frascati, jeudi 18 ou 19 mars [1812]. — Publié: Reumont. Gräfin von Albany II, 189.

Craufurd, à la comtesse d'Albany. [A. 20.]

15 décembre 1808. [Ses essais de littérature ont été composés pour l'usage d'une dame anglaise; son Essai sur Swift, parce que Swift est un auteur peu connu.

Czartoryska (Princesse), à la comtesse d'Albany. [A. 10.]

Rome, 29 juillet 1820. (Recommandation pour le peintre polonais Zielinski qui a étudié la peinture à Rome et qui, obligé par sa santé de quitter cette ville, va se perfectionner à Florence.

---

ayant trouvé beaucoup de politesse dans ceux qui, faisant leur devoir, ont eu beaucoup d'égards pour moi, auxquels je ne m'attendois pas Je me sçuis présenté au prënce (sic), où j'ai diné hier, aprez avoir diné aussi chez Mr. Dubourg, qui dit des bonnes et des mauvaises raisons pour excuser son silence. La fiancée de . . . metiens est très bien portante, gai, et a reçu plusieurs cade[aux] . . . Dem^s (sic) et par ses parents. Ce soir, il y a une grande fête ch[. . . .] Prence pour le nom (je crois) de la princesse, et le bal du [rera] jusque à huit heures demain matin, et demain au soir le téatre [illu] miné; aprez quoi je suppose que je partirai, quoique je n'en s[ois] encore sur, car j'attend ici Tommasi qui me donnera des n[ouvelles] fraîches du chemin et si on peut passer le Mont Cenis. Il y a ici dans l'Hotel Prée où je suis logé Madame Tourzel avec toute sa famille; son mari, qui est presque avengle, n'a passé qu'il avait l'honneur de vous avoir connue à Paris. J'espère que la princesse Lambertini vous aura informée, Madame, que je ne manquai pas d'aller chez elle pour lui remettre le petit pacquet que vous m'envoyat pour elle, quoique j'eusse le malheur de ne pas la trouver chez elle. Il y a beaucoup de neiges dans la ville aussi, de façon que si je fais un pas à pied, je suis sûr de tomber comme il m'est déja arrivé deux fois: ainsi j'y ai renoncé, car je risque de me casser le cou chaque fois que je sors à pied. Agréez, Madame, je vous prie, les sentiments de la haute et [très-d] istincte considération avec laquelle j'ai l'honneur d'être, [Mada]me,

Turin, ce 25 janvier 1809,

Votre très humble et très-obéissant serviteur, Thomas Corsi.

Je rouvre la lettre pour vous écrire ce que vous saurez déjà, c. a. d. qui Giunti a été nommé conseiller d'état. J'espère donc de le revoir bientôt à Paris pour où je partirai dimanche 29, on m'a obligé de rester ici et j'en suis très-content, car j'ai vu des belles fêtes et donné (sic) de très bonne grace. Et puis le Mont Cenis gagne tous les jours, et il était vraiment mauvais à ce que m'a dit Tommasi qui l'a passé.

Suscr.: «A Madame, Madame la Comtesse d'Albany, née princesse de Stolberg, par Gènes à Florence.

1) On peut y joindre une note de la comtesse d'Albany à la princesse Corsini ainsi rédigée: «Pour S. E. Madame la Princesse Corsini avec mille complimens de la c. d'Albany, qui désire qu'il y ait quelques crayons qui puissent lui convenir.

Dampmartin, à la comtesse d'Albany. [A. 20.]

Nîmes, 28 juin 1808. Lettre peu importante, dont on peut cependant extraire le passage suivant, malheureusement assez obscur, relatif à un baron de Keith:

«Le baron de Keith, éloigné de la Société depuis son aventure à la cour de Turin, est dans une retraitte qu'il transforme en séjour des beaux arts, des lettres et de la vertu. Les hommes de lettres, les artistes et les malheureux y sont accueillis avec une noble et généreuse prévenance. Une fortune considérable se consomme à faire le bien, soit par des dons, soit par le soin de fournir du travail. Les émigrés ont dû payer un tribut d'autant plus sincère de reconnaissance qu'ils étaient obligés avec délicatesse. Deux années de suite j'ai trouvé un asile chez le baron de Keith, et j'y ai reçu le même soin que si j'eusse vécu au sein de ma famille. Souvent il me parlait avec chaleur des temps où il avait eu l'avantage de vous faire sa cour. Le baron de Mulsen se vit comblé d'égards particuliers, parce que Mlle. sa soeur avait été attachée près de votre personne. Il survit aux désastres d'une patrie qu'il idolâtre, et dont, comme Cassandre, il prédisait en vain depuis plusieurs années la ruine».

La fin de la même lettre contient une allusion à un autre des correspondants de la comtesse de Albany, le très-curieux baron de Castille. Les lettres conservées de celui-ci ne parlent point de cet établissement à Florence du «jeune ménage» non nommé dont il est ici question: «Castille vous adresse le jeune ménage qui va s'établir dans votre magnifique cité. Le mari est un excellent sujet . . . bonne éducation, heureux naturel. — La femme, je la chéris comme ma fille. Sa jolie figure porte la meilleure lettre de recommandation, et peu d'instants vous suffiront pour reconnaître les graces simples de son esprit et la candeur angélique de son âme.»

Davy (Mss. Jane), à la comtesse d'Albany. [A. 9.]

[Londres], Lower Grosvenor St., 18 décembre 1815. — J. D. raconte l'invention de son mari, Sir Humphrey Davy «pour l'illumination des mines», et donne d'intéressantes informations sur Mme. de Staël et Canova.[1])

1) «Je trouve une occasion de me présenter à vous, Madame la comtesse en vous demandant une grâce. Est ce trop présumer en vos bontés passées de croire que je puisse sans indiscrétion vous présenter de ma part Miss. White? Cette une (sic) personne qui connoît bien notre société littéraire, qui a de l'esprit, un excellent cœur, beaucoup de gaieté, qui est riche et généreuse. Elle sçaura apprécier l'honneur et l'avantage de vous connaître, et elle demande si vivement ce plaisir que je céde à ses prières et je la charge de cette lettre. Il faut vous prier de me faire une autre grâce encore plus personnelle; ne m'oubliez pas, car je pense toujours à retourner en Italie et vous et Florence se figurent bien distinctement dans mes belles visions là dessus. Mon mari est toujours occupé et, dans ce moment, heureux dans un travail important à l'humanité, au moins ici où le feu est un besoin plutit qu'un luxe. Il a imaginé un moyen d'illuminer nos mines à charbon sans

Debret, à Fabre. [F. 11.]

s. d. — «M. le baron Fabre, peintre d'histoire, correspondant de l'Institut, membre de l'ordre royal de la Légion d'Honneur». — Recommandation pour l'architecte Abric qui désire aller s'établir en province.

Deglì Alessandri (Giovanni), à Fabre. [F. 26.]

10 avril 1826. — Envoi de l'autorisation du gouvernement nécessaire pour l'exportation de la galerie de Fabre. Remerciements pour le don d'un manuscrit d'Alfieri.

Delécluze (Etienne), à Fabre. [F. 22.]

26 août 1830. Souvenir de l'aimable accueil reçu de Fabre à Florence en 1823. Recommandation pour M. Belèze, jeune professeur de l'université, originaire de Montpellier (min. rép. Fabre).

Denon (Vivant), à Fabre. [F. 13.]

An XI, 30 ventôse, 15 prairial (Rep. de Fabre); 1805, 4 novembre (minute de réponse de Fabre du 3 décembre); 1806, 25 janvier, 21 mars, (minute de réponse, 8 avril), 26 avril, 11 mai (minutes de réponses datées du 16 mai et du 3 juin); 1810, 22 février.

Correspondance relative à l'achat par le musée de la collection Baldinucci.

A ces lettres sont joints: un reçu de Filippo Strozzi au nom de Fabre; une autorisation de visiter le musée Napoléon, signée par Denon pour le comte d'Hunebourg (Clarke).

Derby (Mme M. C.), à la comtesse d'Albany. [A. 9.]

Boston, «Chesnut St Mt Vernon», ce 20 novembre . . . — Relation d'un voyage en Amérique.

Desmarais, à Fabre. [F. 6.]

Carrara, 29 août 1811; ibid, 23 octobre 1811. Nouvelles artistiques.

Desnoyers, de l'Institut, à Fabre. [F. 12.]

[Paris], 18 avril 1821.

---

exciter ces explosions terribles qui ont été dernièrement si fatales aux malheureux mineurs. Il se porte bien et jouit d'un bonheur que les sages ont dépeint *suffisant, une conscience satisfaite.* C'est quelque chose de rare, il me paroît, dans ces temps. Pour moi, idolâtre de mon pays, pourquoi son cruel climat me force -t'il d'en médire malgré moi? Mais je suis toujours malade, bonne à rien et pensant au soleil de l'Italie avec la passion d'une amante malheureuse. Madame de Staël voyage vers Rome. Mais à Gênes elle a subi ma mauvaise fortune, le mauvais temps. Canova a été fêté comme on doit l'être quand le génie si trouve joint à une simplicité et gaîté si prévenante. Il doit maintenant se trouver plus célèbre chez lui, par son succès dans des demandes qui donnera (sic) encore à l'Italie ses précieux trésors. Je ne puis vous donner des nouvelles dans une lettre qui voyage, puisqu'elles ne seraient plus nouvelles à leur arrivée; mais la vérité constante peut se dire toujours. Permettez moi donc, Madame la comtesse, de vous assurer de ma reconnaissance, de mon estime et des sentiments d'une sincère considération. L'absence du chevalier ne doit pas me rendre injuste pour lui; il partage tous mes sentimens pour vous. Je suis à vous, comme à Florence, empressée et reconnaissante. Jane Davy. 23 Lower Grosvenor st. Dec. 18th 1815.

Devonshire (Duchesse de), à la comtesse d'Albany et à Fabre. [A. 8.]
à la comtesse: Rome, 1824, 3, 10, 17, 23, 27 janvier. Publiées dans Reumont, op. cit. II, 197, 198, 199, 201, 202.
à Fabre: 2 février 1824. Condoléances sur la mort de la comtesse.[1])

Donadio, à Fabre. [F. 24.]
Paris, 28 septembre 1818. Sans importance.

Duchesne, à Fabre. [F. 22.]
[Paris] «de la Bibliothèque du Roi, 27 novembre 1830». Présentation de Mme. Joly, veuve du conservateur des estampes de la B. R. Sans importance.

Dupaty, à Fabre. [F. 10.]
29 décembre 1806. «À M. M. Fabre, peintre d'histoire, à Florence.» Alors jeune artiste sculpteur pensionnaire, il le remercie de lui avoir procuré une commande de statues pour le général Clarke.[2])

Esmangard (Madame d'), à la comtesse d'Albany [A. 10] et à Fabre [F. 22].
à la comtesse: Paris, 1823, 14 et 29 novembre, 22 décembre. Informations intéressantes sur la politique générale.
à Fabre: »Dimanche«. Présentation à Fabre de M. Hittorf.

Esterissa (?), à Fabre. [A. 28.]
5 avril 1824. Lettre écrite au nom de la princesse de Castelfranco, soeur de la comtesse d'Albany, après la mort de celle-ci.

Eufrasia (?) à N . .? [A. 5.]
«Turin le 10. 24».[3]) Sans suscr. — Inc.: «Voilà, cher ami». Sans importance.

Everett (Edward), à la comtesse d'Albany. [A. 10.]
8 novembre 1810. Demande d'un autographe d'Alfieri.[4])

---

1) J'ai reçu, Monsieur, ce matin, avec la plus vraie douleur, la triste nouvelle que vous m'avez annoncée dans votre lettre. Je vous plains du fond de mon cœur, car Mde la comtesse d'Albany avoit pour vous, je le sais, la plus sincère amitié et grande confiance. Bénissons Dieu de ce qu'elle n'a pas souffert de grandes douleurs! J'ai été témoin ici de celles qui m'ont déchiré le cœur. Adieu, Monsieur j'espère que votre santé ne souffrira pas dans cette cruelle circonstance des efforts que votre attachement pour notre excellente amie vous a fait faire. Pour moi je conserverai à jamais le plus tendre souvenir de son amitié pour moi. Agréez l'assurance de ma parfaite estime.
E, duchesse de Devonshire.

2) Il lui parle de Siméon, de Canova et des Desmaretz.

3) Il faut probablement interpréter cette notation bizarre par 10 janvier 1824. Cette Eufrasia est probablement Mme E. de Valperga.

4) Voici le texte, écrit en un français assez singulier, de cette lettre, véritable modèle du genre: «Si ce n'étoit que le souvenir des grands hommes étoit une espèce de propriété commune du genre humain, à peine oserois je me présenter auprès de Madame d'Albany pour lui demander une grâce. Pendant mon séjour en Europe, je me suis occupé à recueillir par occasion des échantillons de l'écriture des grands hommes qui l'ont illustrée, et la bienveillance de plusieurs personnes aimables m'ont mis en possession d'une

Farnesi, à la comtesse d'Albany. [A. 27.]
1er janvier 1811. Relative au monument d'Alfieri.

Ferogio (Fortuné), à Fabre. [F. 18ter.]
Paris, 1830, 18 et 20 octobre (min. de rép. de Fabre, 26 et 29 oct.); 5 nov. 1830 (rép. Fabre 11 nov.), 17 et 26 décembre (rép. 8 janv. 1831); 1831, 3 avril (rép. 16 avril), 15 avril (rép. le 19 «que c'est horriblement cher et que je n'en veux pas» 21 mai, 8 et 23 juin, 16 août (min. rép. Fabre) 10 septembre, 5 octobre, 27 décembre; 1832, 18 janvier, 29 avril, 26 (min. rép. Fabre) et 30 mai, 1er juillet (min. rép. Fabre), 27 août, 30 septembre; 1833, 6 janvier, 26 mars, 11, 25, 31 mai (avec deux esquisses), 14 juillet, 22 août (min. rép. Fabre 27 août), 9 et 28 septembre, 16 décembre (min. rép. Fabre 21 décembre); une lettre à son père, s. d.

Publiées dans la Nouvelle Revue Rétrospective 1896, IV 79—96, 217—264. — Les correspondants de Fabre, pp. 55 à 120.

Ferrandy, à Fabre. [F. 18bis.]
Paris, 8 juillet 1830. — Il lui rappelle qu'il (Fabre) a fait son portrait à Florence «lorsque vous vintes vous y réfugier en sortant de Rome à une époque bien désastreuse».

Flahaut (Charles de), à la comtesse d'Albany. [A. 6.]
avec Madame de Souza) le 9 sept. 1815.
S. Pétersbourg, 20 octobre 1823; non datée, Drummond Castle, le 30 juin. Inc.: »Ne trouvez vous pas . . .?«

Fontaine, à Fabre. [F. 11.]
28 avril 1835 «à M. le baron Fabre, hôtel de Nantes, rue des Bons Enfants. Paris. »Invitation à déjeuner« au bout de la terrasse des Feuillants chez Rosset, avec MM. Belle (*sic*), Potain, Mérimée, le sculpteur Gérard, Garnier, et Tattet.

Fontenai [I. de], à Fabre. [F. 22.]
Florence, 16 août 1817. Récit humoristique d'un voyage à Livourne où il s'est enrhumé. Peu important.

Forbin (Le baron de), à la comtesse d'Albany. [F. 14.]
s. d. — réponse à une invitation.

---

quantité. On n'a pas besoin de dire que parmi ceux dont on rechercherait une telle relique, il y a bien peu qu'on mettroit au même rang avec le comte d'Alfieri. Surtout comme américain je dois ressentir un intérêt plus qu'ordinaire dans le caractère d'un homme qui a su, même dans le siècle de la Révolution française, rendre le nom de la liberté encore plus respectable. S'il conviendroit à Madame d'Albany de vouloir bien me mettre en condition d'enrichir ma collection d'un petit morceau de l'écriture d'Alfieri, il aura sa place à côté de tout ce que j'ai pu ramasser de plus digne. Je prie Madame d'Albany de me pardonner cette liberté, et de daigner agréer les assurances de mon devouement le plus parfait. Edward Everett. Florence, ce 8 novbre 1810, Hotel des quatre nations. «Madame, Madame la comtesse d'Albany.»

Foscolo (Ugo), à la comtesse d'Albany. [A. 26.]

à Alfieri: Venise, 22 avril 1792.

à la comtesse d'Albany 1813, s. d. «ore $7^3/_4$»; s. d. lunedi ore, 8, s. d. «di casa, sabato mattina»; s. d.; s. d., 17 ott.; s. d. 5 novembre [1814?]; 3 décembre; l'ultimo giorno dell' anno [1813]; 2 billets non datés; 13 novembre 1812; 1813, 13, 15, 22 juillet; 1er, 12 août, 4, 10, 12, 14, 19 septembre; 10, 30 novembre; 18, 25 décembre; 1814, 8, 24 janvier; 2, 5, 10 février, 9, 11, 16, 17, 23, 25, 31 mai, 11, 15, 22, 24 juin, 16 et 20, 31 août, 28 septembre, 12, 15 octobre, 1er, 18, 23 novembre; s. d.; 5, 21 décembre; 1815, 11, 22 janvier, 24 février, 11 août, 21 décembre; 1817, 3 mars, 30 juin, 20 juillet, 20 septembre; 1818, 6 septembre; 1820, 5 octobre, 3 novembre 1821. «Publiées dans l'Epistolario di Ugo Foscolo. 3 vol. en 12. Firenze, Le Monnier, 1852—1854. Cf. l'Indice Generale delle Persone à la fin du tome III.»

Gache, Vers latins adressés à Fabre. [F. 2.]

«Francisci Xaverii Fabri in urbem patriam reducis pompa triumphalis graphice exprimenda. Inscriptio argumentum tabulae ejusque explanationem referens.» — «Illmo viro, non solum de civibus suis, sed de Gallia etiam universa bene merito, offerebat L. A. Gache die secunda decembris anno 1828.» (Imprimé.)

Gargallo, à Fabre. [F. 26.]

Naples, 27 février 1830. Dédicace à Fabre de ses épigrammes. Minute de réponse de Fabre. La lettre porte l'indication «répondu le 30 mars 1830».

Garnier (E. B.), à Fabre. [F. 18ter.]

Paris, ce 9 juillet 1834 (min. rép. Fabre, 18 juill.), ce 28 octobre 1834. Publiées dans Nouvelle Revue Rétrospective (1896) IV, 75—79. — Les Correspondants du peintre Fabre, pp. 51—55.

C'est par erreur que sur la converture de la liasse F. 5 on indique une lettre de ce même Garnier.

Genlis (Félicie de), à la comtesse d'Albany et à M. de Cabre. [A. 5.]

à la comtesse: Rebrechien, 12 octobre 1806, «à Mme. la comtesse d'Albany née princesse de Stolberg»; [Paris], l'Arsenal, 9 novembre 1807, sans suscript; ibid. 2 juin 1807. (publiée par Reumont, op. cit., II, 205); de l'arsenal, 28 juin 1808; «rue de Pigale n⁰ 9» 29 sept. 1821, 15 juillet 1822; bains de Tivoli, 2 décembre 1822, sans suscript.

à la même, plusieurs billets moins importants: «mardi au soir»; 10 avril, «à Mme. la comtesse d'Albany, à Florence»; «mercredi au soir».

à Mr. de Cabre: Paris, 9 août 1806; s. l. n. d.: «mais, mon ami, je n'ai rien»; «29 avril 1810 à M. M. de Cabres, hotel d'Estampes, 15 novembre; démanche au soir; ce samedi; plusieurs billets s. d.

Gérard (F. P. S.), à Fabre. [F. 4.]
s. l. n. d. «à M. le baron Fabre à Montpellier; 6 avril [Publiée par la Nouvelle Revue Rétrospective, 1896, IV, 431. Les Correspondants de Fabre, p. 167]; s. l. n. d., 7 août (rendez-vous pour aller visiter ensemble l'atelier de Bosio); deux billets sans importance; jeudi 25 juillet; vendredi soir.

Gerini (Mme.), à Fabre. [F. 26.]
18 juillet 1820. Sans importance.

Gervais, à Fabre. [F. 18bis.]
Paris, 1830, 29 janvier, 13 février (minute de réponse de Fabre). Relatives à l'érection de Fabre au titre de Baron.

Ginori, à Fabre. [F. 26.]
(Florence) 19 mars 1822. Annonce que l'archiduc Léopold via visiter sa collection; conseil de lui montrer son «Abel» et le portrait de Mme. Gurief.

Girodet-Trioson, à Fabre. [F. 4.]
Paris, 30 juin 1809; 21 septembre 1811; 20 juin 1819; 28 août et 7 octobre 1821; 23 mai 1823; et une lettre sans date: «à M. Fabre, rue de Provence no. 53».
Publiées, Nouvelle Revue Rétrospective, 1896, V, 121—140. Les Correspondants de Fabre, pp. 169. 188.

Giulia? . . . à Madame d'Albany et à Fabre. [A. 28.]
à la comtesse: 5 janvier 1824.
à Fabre: Turin, 7 février 1824.

Gmelin, à Fabre. [F. 24.]
21 mai 1812, éloge de gravures d'après Poussin; Rome, 7 avril 1813 envoi de l'estampe du Temporale de Poussin.

Godard (Luigi), «custode generale di Arcadia», à la comtesse d'Albany. [A. 1.]
Rome, 13 avril 1822. Remerciements au nom du cardinal Consalvi pour l'envoi du portrait d'Alfieri.

Golovkine, à Fabre, à la comtesse d'Albany. [A. 16.]
à la comtesse: Lausanne 1823, 4, 18, 22 janvier; 5, 8, 26 février; 6, 19, 22, 29 mars, 1er avril. Correspondance d'un réel intérêt biographique et littéraire.
à Fabre: Lausanne, ce 26 novembre 1819, 8 mai 1820; deux minutes de réponses de Fabre.

Grandi, à Fabre et à la comtesse d'Albany. [A. 27. 27bis.]
à Fabre: 17 mai 1809 (réponse de Fabre, le 23 mai 1809).
à la comtesse: 19 mai 1809.

Granet (François), à Fabre et à la comtesse d'Albany. [F. 3.]
à la comtesse: 7 octobre 1813.
à Fabre: Rome, 7 octobre 1813; 26 décembre 1820; Assise 17 novembre 1821, 29 décembre 1822; 29 janvier 1823; deux lettres sans date, toutes deux adressées «à Monsieur Fabre à Rome», l'une du «samedi à dix heures». Documents utiles pour l'histoire des arts.

Greuze (Mme. B.), à M. de Fontanel.[1]) [F. 1.]

Paris, 27 octobre 1780 «à Monsieur, Monsieur de Fontanel, libraire et garde des dessins de l'accadémie de Momnpellier (*sic*)». Paris, 6 janvier 1781: «à M. M. Fontanel, garde des dessins de l'accadémie, rue du gouvernement, à Montpellier, Montpellier. — Voici le texte de ces lettres égarées dans les cartons Fabre et d'Albany, où l'on ne penserait guère à les aller chercher: «De Paris, ce 27 octobre 1780.[2]) Vous pouvez, Monsieur, céder la tête que vous avez de Mr. Greuze; ils vous en envera une ausitôt votre lettre reçus, à votre choix, entre deux, et au même prix; l'une est d'un enfant de la grandeur de la votre et la plus belle qu'il est fait; l'autre est d'une jeune fille ayant la gorge en partie découverte: elle semble écouté; elle est de 2 pouces plus haute et plus large que la vaute, est sera du même prix; je vous prie de me marqué, lorsque vous ferai reponce, par quelle voyturre ils faudra remetre la quaisse et votre adresse bien détallié pour que vous n'essuiee point de retare; Mr. Greuze vous faits ses compliments; j'ai l'honneur détre tres parfaitement, Monsieur, votre tres heumble servante B. Greuze. Rue Notre Dame des Victoires n° 12.

De Paris ce 6ᵉ janvier 1781. Mr. Greuze, Monsieur, ce fera un véritable plaisir de vous donner la préférance sur touts autres personne; ils remplira, exactement, toutes les conditions que vous exigée; mais il faut me faire réponce aussitôt ma lettre recue pour surté de nos engagements; le tableau est de deux cent louis et la bordure de noier.

Mr. Greuze vous prie de n'avoir aucunes inquiétudes sur la tête de l'enfant qu'il vous a envoyer. Le bois est très solide, ils est impocible qu'il ce fende.

Ils vous prie insi que moi de vouloirre bien être persuadé des sentiments avec les quelles j'ai l'honneur d'être Monsieur votre très heumble servante B. Greuze. Je vous prie de ne point oublier de douté votre lettre.

Griffith (Mr.),[3]) à la comtesse d'Albany. [A. 10.]

s. l. n. d. [Florence] demande l'autorisation de lui présenter M. Harrison, qui a apporté une lettre du roi de Saxe à l'archiduchesse sa fille.

Gros (le baron), à Fabre. [F. 5.]

Paris, 18 juin 1832 «à M. M. le baron Fabre, au musée Fabre, à Montpellier, Hérault» Relative à Fortuné Férogio, élève et protégé de Fabre, puis élève de l'atelier Gros (V. ses lettres). — Paris, 21 août 1832: Recommandation pour M. Beaudoin Dufresne, son beau-frère, «jeune homme qui s'occupe de littérature italienne» Il dit encore ici: «Divers artistes ayant eu l'avantage de vous

1) Don de M. Fontanel fils à la bibliothèque de Montpellier.
2) Reçue à Montpellier le 3 novembre 1780.
3) On a écrit à tort sur la couverture Mss. Griffith. L'écrivain se désigne sous le nom de «Il Signore».

rencontrer au Salon j'y fus plusieurs fois dans cet espoir. Le plaisir de revoir un ancien camarade, dont le nom et les ouvrages rappelleront toujours une des plus belles époques de l'attelier de M. David, se mêloit au desir d'entendre le jugement de celui qui, loin de notre fracas pittoresque, a emporté et conservé les bonnes doctrines«.

Gudin, à Fabre. [F. 5.]

Avignon, 3 décembre 1833: «à Monsieur, M. le baron Fabre, au musée de Montpellier, Hérault». Demande l'autorisation de venir visiter le musée Fabre. Cette lettre contient divers détails biographiques, intéressants pour l'histoire de l'atelier de David: »Il n'est pas probable que, depuis votre premier depart de Paris pour Rome, vous ayez conservé la mémoire d'un petit gringalet de l'attelier de David, que les évènements de la Révolution de 1789 ont forcé de prendre une autre carrière .... J'étais pensionnaire du Roi à la petite pension à Paris, avec Gérard, Godefroid, Taravel et Portier, où nous demeurions avec Girodet. Je me rappelle parfaitement de vous (sic), grâce à votre renommée. — Minute de la réponse de Fabre.

Guérin (Pierre Narcisse), à Fabre. [F. 4.]

Rome, le 4 mars 1823; 11 juin 1825; 3 août; lundi 15 juillet. V. Nouvelle Revue Rétrospective 1896, IV, 428—430; Les Correspondants du peintre Fabre, pp. 164 à 167.

Gustave IV, roi de Suède, à la comtesse d'Albany. [A. 1.]

(en français) Paris, ce 13 juin 1784; Gryesholm, ce 21 décembre 1784; Stockholm, 6 janvier 1786. V. Reumont, loc. cit. II, pp. 206. 208. 209.

Henri, inspecteur à la loterie royale, à Fabre. [F. 22.]

Paris, 14 septembre 1829, 15 octobre 1830; 19 janvier, 29 mars, 4 mai, 8 juin 1831. Correspondance de caractère intime, sans valeur littéraire. Dans la première lettre, il fait allusion à quelque dessin ou peinture de Fabre, «un gage de votre amitié que je conserve depuis quarante ans.» Il dit ailleurs: «Que d'événemens se sont succédé depuis le jour où nous nous quittâmes après un souper chez Mme. Camporese!»

Holland (Lord), à Fabre. [F. 17.]

«hôtel de Meidorff, 9 novembre 1814, ce mercredi au soir.» Sans importance, sauf une allusion à un portrait: »Vous n'oublierez pas le portrait que vous avez eu l'amitié de me promettre».

Holland (Lady), à Fabre. [F. 17.]

«Rome, 5 janvier 1815» «à M. M. Fabre, via de' Mori, Florence». Remerciement pour les nouvelles que le docteur Fabre, frère du peintre, lui a données de sa fille. Commissions d'achats de livres, entre autres l'ouvrage de Bianchi, sulla polizia e podestà della chiesa:

«Un plaisir particulier pour moi, ce serait d'avoir une copie du portrait que vous avez fait de M. Canova, dont j'entends répéter les éloges tous les jours. J'ai vu cet artiste, et j'ai été frappée de la ressemblance parfaite avec votre portrait, qui a rendu si bien le génie qui est empreint sur le front de cet homme si grand et si aimable.»

Howard (Henry), (probablement adressé à Mme. d'Albany). [A. 2.]

de Covley Castle (Cumberland). Certificat d'authenticité et histoire d'un chapelet et d'une croix que Marie Stuart possédait au moment de son exécution.[1])

Iesi (Samuele), à la comtesse d'Albany. [F. 24.]

s. d. «6 décembre». Torrigiani lui a payé un dessin trente francs.

Incisa, à Fabre. [F. 27.]

27 novembre 1818: »Reçu des mains de Mme. la comtesse d'Albany un médailler ou caisse de médailles antiques appartenant à M. Millingen«.

Jay, à Fabre. [F. 18bis.]

Lyon, 3 janvier 1827 (rép. 14 février); Crémieu, 14 juillet 1830 (rép. 30 juillet). Détails biographiques.

Joubert (M. de), à Fabre. [F. 2.]

[Paris] 23 juin 1790. Sans suscr. — 13 mars 1792 «à Monsieur | Mr. X. Fabre, peintre pensionnaire du Roi à l'hôtel | de l'académie de France | à Rome». Important document sur la jeunesse et les débuts de Fabre.

Klein (Mme Louise), à la comtesse d'Albany.

---

1) «Le chapelet et la croix que possède Madame Howard, appartenoit à Marie Stewart, reine d'Écosse. Elle l'a porté à l'échafaud et l'a remit entre les mains de Melvil, son secrétaire, pour remettre à Philippe, comte d Arrundel, fils aîné de Thomas Howard, duc de Norfolk, décapité pour la cause de cette reine en 1572 et qu'on croit qu'elle avait épousé par procuration.

Philippe, comte d'Arrundel, et son frère Lord William Howard, étoient alors enfermés dans la Tour de Londres comme catholiques, partizans de Marie. Melvil eut ordre de la princesse de remettre ce chapelet comme dernier témoignage de sa reconnoissance envers une famille qui avait tant souffert pour elle. Il est presque prouvé qu'elle avoit épousé le duc de Norfolk par procuration.

Charles Howard de Greysloke, duc de Norfolk, mort en 1815, avait hérité des restes des biens personels de Philippe, comte d'Arrundel, entre autres choses de ce chapelet.

M. Henry Howard, de Corby Castle, est son exécuteur testamentaire, et les cohéritiers du duc ont bien voulu lui céder ce chapelet en partie de son legs, ainsi que quelques autres curiosités.

La Reine Marie a été prisonnière sous la garde du comte de Shrewsbury au chateau de Hardwich qui lui appartenoit et qui dont (sic) le duc de Devonshire est maintenant le possesseur, où l'on conserve beaucoup d'ouvrages de la main de cette reine infortunée, et l'on y voit aussi un portrait original peint pendant sa captivité, où elle porte ce chapelet à la ceinture.

A Welbeck, ancienne abbaye où réside le duc de Portland l'on voit un autre tableau original où la reine a ce chapelet à la ceinture et la croix à sa poitrine.

Le chapelet et la croix étaient ornés en partie en émail blanc et bleu dont on voit encore des restes.

Henry Howard, de Corby Castle (Cumberland.)

25 décembre 1824, «à Mme la comtesse d'Albanie, née princesse de Stolberg, à Florence». Nouvelles de sa sœur Caroline (de Castelfranco).[1])

Knight (Miss Cornelia), à la comtesse d'Albany. [A. 11.]

1815, 23 juin, ... décembre; 1816, ... janvier, 2 avril, 2 décembre; 1817, 30 octobre, 17 et 28 novembre; 1818, 2 février, Rome, 27 février, Naples, 10 avril, 16 juin, 11 juillet, 5 septembre; 1819, Hyères, 29 janvier; 1820, 23 janvier, 27 avril; Londres, 7 mars, 10 juin, 19 juillet, 11 septembre, 30 octobre; 1821, 2 avril, 15 mai, 20 août; 1822, 30 janvier, 6 mars; 1823, 20 juin. Une lettre sans date, 1er novembre.

Correspondance fort importante sur la situation de l'Angleterre, le mouvement des esprits, et le procès de la reine.

La Boissière (M. de), à Fabre.

Carpentras, 22 juillet 1829. Sans importance.

Laborde (La comtesse de), à la comtesse d'Albany. [A. 10.]

[Paris] 10 février 1822; 20 décembre 1823; 13 janvier 1823, 2 décembre, 14, 31 décembre, 21 janvier, 3 et 5 février.

Correspondance riche en informations sur la vie politique et la vie parisienne pendant la Restauration.

Labouisse-Rochefort, à Fabre. [F. 21.]

1826, 14 juillet [félicitations sur la donation du musée à la ville; minute de la réponse de Fabre]; 1826, 2 août [demande d'autographes], 4 août [il prépare une édition de Boufflers; 18 septembre [hommage d'ouvrages; minute de la réponse de Fabre]; 8 octobre [demande d'un autographe d'Alfieri]; 1827, 5 janvier, 8 mai (sans importance); 20 avril [nouvelle demande d'autographes; rep. de Fabre le 16 juillet], 2 août [remerciement pour les autographes d'Alfieri et de Madame d'Albany. Mahul a inséré une notice sur Mme. d'Albany dans l'Annuaire Nécrologique]; 1828, 13 septembre [allusion aux bains de mer de Cette]; 1829, 7 mai [envoi de son Petit Voyage Sentimental; rep. de Fabre]; 1830, 29 mars [sans importance; rep. de Fabre]; 1831, 13 novembre [nouvelle demande d'autographes], 25 décembre [présentation de M. le prof. Rouget] 1832, 26 février [remerciement pour l'envoi d'un autographe de Canova], 18 et 25 mai [affaires de son imprimeur M. Labadie]; une lettre sans date, écrite en quittant Montpellier, et pour remercier Fabre de son accueil. Correspondance presque complètement dépourvue d'intérêt.

---

1) «Caroline est toujours dans la même position; son petit fils et sa femme sont à Madrid; elle se loue beaucoup de cette dernière et se plaint horriblement du mari. Je ne crois pas que de quelque temps il puisse lui envoyer des fonds. Il parait d'après ce que l'on dit que ce pays n'est pas dans un état très prospère. Mr. Poublon doit avoir dit qu'il a dérangé sa fortune en fesant les affaires du duc.

Lambert, à Fabre [F. 16] cf. Boyer. Voici le texte de cette lettre.

Lucques, le 23 février 1809.

Le secrétaire des comandemens de LL. AA. II. les princes de Lucques et de Piombino.

A Monsieur Fabre.

Monsieur, S. A. I. m'a ordonné de vous accuser réception du portrait de M. le Sénateur Lucien que vous lui avez adressé. S. A. I. y a trouvé fidèlement retracé les traits du modèle, et elle m'a chargé de vous témoigner sa satisfaction pour la beauté du tableau. Ce mérite est commun à tous les ouvrages qui sortent de votre habile pinceau.

Je me félicite de mêler à un si glorieux suffrage l'assurance de ma parfaite considération. J. Lambert.

Laneuville, à Fabre. [F. 22.]

Une lettre non datée, pour annoncer à Fabre le retour de son tableau La Mort d'Abel. Il faut y relever la mention du «voyage en Italie de M. Géricault, amateur et artiste d'un talent distingué».

Legendre-Héral, à Fabre. [F. 18bis.]

29 août 1827 (réponse de Fabre); Lyon ce 3 septembre 1827; 30 juillet 1829.

Leoni (Michele), à la comtesse d'Albany. [A. 19.]

21 juin; Parme, 2 juillet, 31 août, 23 octobre 1821; 9 janvier, 25 avril, 9 et 19 mai, 17 juin, 10 juillet 1823.

Correspondance intéressante sur la situation politique en Italie.

Le Thière (G.), à Fabre. [F. 3 et F. 6.]

Paris, ce 19 ventôse an XI (deux lettres); Rome, 4 novembre 1808; Rome, ce 17 mai 1809: à Monsieur Fabre, peintre associé de l'Institut de Paris, à Florence»: lettres riches en informations artistiques; 23 novembre 1823; il adresse à Fabre trois «jeunes camarades» les nouveaux pensionnaires allant à Rome, son élève Bouchot, de Bay et Dumont fils.

Lobau (Le comte de), à Fabre. [A. 28.]

10 février et 27 mars 1824.

Lobau (La comtesse de), à Fabre. [A. 28.]

13 février, 16 septembre 1824; 19 mars 1825.

Correspondances d'un ton aigre-doux après la mort et sur la succession de Madame d'Albany.

Lucchesini (Le Marquis), à la comtesse d'Albany. [A. 15.]

Empoli, 26 octobre 1811; Pise, 14 novembre 1813; Lucques, 21 et 26 février, 7 juin 1814; 1815, 12 juillet; 1817, 4 et 14 juillet, 27 août; 1818, 26 juin, Saint Pancrace, 2 juillet, 24 et 31 août, 4, 7, 11, 14, 18 septembre: 4 juin 1819; 1820, 30 juin, 6 août, 14 et 19 juin, 5, 11, 21 juillet, 2, 20, 30 août, 22 septembre, 12 et 21 octobre, 14 décembre; 1821, 21 février, 11 juin, 16, 17, 20 et 29 juillet, 11 et 29 août, 5 et 21 septembre;

1822, 9 avril, 14 et 25 mai, 1er, 8, 18, 24 juin, 3, 12, 26 juillet, 7, 24 août, 10, 22 septembre; 1823, 3, 1, 22, 26, 29 septembre; 2, 8, 17 octobre 1823; six billets non datés.

Lucchesini (La marquise Charlotte), à la comtesse. [A. 15.]
Saint Pancrace, 5 juillet 1820.

Mailly de Coislin (Mme. de), à la comtesse d'Albany. [A. 12.]
10 juin 1809, 8 mai 1813.

Maltzan[1]) (Madame de), à la comtesse d'Albany. [A. 4.]
1807, 3 juin, 18 octobre; 1808, 19 janvier, 15 avril, 29 juin, 1er octobre; 1809, 1er août; 1810, 2 février, 9 mars, 26 octobre, 18 décembre.

Marsollier, à Fabre. [F. 12].
deux lettres sans date, l'une du «12 novembre».

Massard (Urbain), à Fabre. [F. 12.]
2 février 1813. Il s'excuse d'avoir fait graver un tableau de Fabre sans avoir soumis la gravure à l'appréciation du peintre.

Maumet, à Fabre. [F. 18bis.]
Lettre non datée. Invitation à venir visiter sa collection de tableaux à Avignon. La réponse très ironique de Fabre est du 5 mai 1828.[2])

Mazois, à Fabre. [F. 11.]
s. d. »à Monsieur Fabre, peintre célèbre à Florence«. (Reçue le 9 avril 1822.) Regret d'avoir été privé de la visite de Fabre. Présentation d'un peintre amateur, M. Dubois de Beauchesne.
s. d. [Regrets de n'avoir pas salué la comtesse d'Albany avant de quitter Florence].

Ménageot. [F. 2.]
»Pour M. Xavier Fabre, pensionnaire de Sa Mté T. C. à l'adémie (sic) de France à Rome«. Certificat, daté du 22 septembre 1792, Rome, que Fabre finit sa cinquième année de pension et qu'il est autorisé à aller passer quelques jours «in campagna».

Menou [Le général de], à la comtesse d'Albany. [A. 12.]
18 avril 1809.[3])

Mérimée père (J. F. Léonor), à Fabre. [A. 8.]
8 novembre 1810; Paris 13 avril 1816 [minute de rép. de Fabre]; 4 novembre 1816; 22 novembre 1821; 27 décembre 1828 [minute de rep. de Fabre]; 29 janvier 1829, 30 mai 1829; 6 janvier

---

1) L'orthographe de ce nom n'est pas absolument certaine. Le personnage est d'ailleurs tout à fait obscur.

2) A cette lettre sont joints les catalogues manuscrits des «Tableaux de la galerie Vernet au musée Calvet» et des «principaux Tableaux de la collection de M. Maumet aîné d'Avignon.

3) «J'ai l'honneur d'offrir l'hommage de mon respect à Madame la comtesse d'Albany. J'ai celui de lui rendre compte que ses ordres ont été exécutés. J'ai envoyé la note à S. Ex. M. le ministre et secrétaire d'état. Si j'étois assez heureux pour être bon à quelque autre chose à Madame la comtesse, je serai toujours empressé à faire ce qui pourra lui être agréable». Florence, ce 18 avril 1809. Le gal cte de Menou.

1831 [minute de réponse de Fabre]; 6 avril 1831; 30 mai [min. rép. Fabre] et 13 août 1834.[1])

Les lettres de 1816, 1821, janvier 1829 et 1834 sont publiées par la Nouvelle Revue Rétrospective, 1896, IV, 413. Les Correspondants de F. X. Fabre, pp. 149—164.

Mérode [La comtesse de], à la comtesse d'Albany [A. 28] et à Fabre [ibid.].

à la comtesse: 3 février 1824. Lettre intime.

à Fabre: 26 février et 26 mars 1824. Relatives à la mort et à la succession de la comtesse.

Meynier, à Fabre. [F. 6.]

Paris, ce 28 février 1811. Sans susc. [sur le Salon].

de Miatlew, à Fabre. [F. 17.]

Quatre lettres non datées, dont une de »Naples, 22 août«, et deux avec les minutes des réponses de Fabre. Nouvelles artistiques et détails biographiques.

Micali, à Fabre. [F. 15.]

Un billet non daté «Vendredi à 10 heures», relatif à une proposition de vente de médailles.

Michallon, à Fabre. [F. 4.]

Paris le 19 juillet 1822 «à M. M. Fabre, 53, rue de Provence, à Paris» (rendez-vous à son atelier).

Middleton, à Fabre. [F. 17.]

Une lettre non datée; remerciements pour un tableau.

Millingen, à la comtesse d'Albany. [A. 24.]

1813, Naples, 2 mai; Rome, 28 juin, ibid. 7 août, ibid. 29 septembre, 21 novembre, 31 décembre; 1814, 12 mars, 3 mai, 8 juin; Naples, 27 juillet; Rome, 13 octobre, 26 novembre, 31 décembre; 1815, Genève, 30 mars; Rome, 1er novembre, 21 décembre; 1816, 7 janvier; Londres, 3 juillet; Rome, 30 décembre; 1817, Rome, 5 avril; 1818, Vienne, 21 octobre; Paris, 18 novembre; 1819, Naples, 31 décembre; 1820, Londres, 8 juin; 1821, 21 septembre, Paris.

Correspondance archéologique et politique importante.

Monti (Nicola), à Fabre. [F. 26.]

14 janvier 1832. [Document intéressant sur le mouvement artistique contemporain en Italie. — Fabre répondit à cette lettre le 18 février, mais la minute de sa réponse est égarée.]

Morgan (Sydney), à la comtesse d'Albany. [A. 9.]

s. d. — Demande à lui faire ses adieux avant de quitter Florence.

Morghen, à Fabre. [F. 24.]

14 juin 1811; 17 [janvier] 1817; «18 del 1820». Sans importance.

---

1) Les originaux des lettres de Fabre dont les minutes sont ici ont été rendus à la Bibliothèque-Musée Fabre par Prosper Mérimée, dont un court billet d'envoi à M. P. Blanc est aussi conservé dans la liasse. [F. 8 bis.]

Murray (Lady) à Fabre. [F. 17.]

Londres, Winipole Street, 14 août 1831 »à Monsieur M. Fabre de &c. Montpellier. Par bonté«. [Cette lettre fut apportée à Fabre par bonté, par la personne à qui elle devait servir d' introduction auprès du peintre.] 1)

Paillet (Charles), à Fabre. [F. 18bis]

Paris: 6 avril 1829, 24 avril 1829 [avec une minute de Fabre, qui répondit à cette lettre le 10 mai 1829]; 3 juillet 1829, 31 janvier 1830 [réponse de Fabre]; 19 mars 1830 [rep. de Fabre]; 3 avril 1830 [rep. de Fabre, le 10 avril]; 1er mai 1830.

Correspondance intéressante pour l'histoire des dernières acquisitions de Fabre et des origines de son musée.

Percier, à Fabre. [F. 11.]

23 février 1816; 4 juin et 17 septembre 1829. [Minute d'une lettre de Fabre, datée 5 mars 1827, et d'une autre non datée.] Nouvelles artistiques.

Périé Candeille [Madame Julie], à Fabre. [F. 22.]

10 et 20 août 1830.

Pie VI, à la comtesse d'Albany. [A. 1.]

»Datum Romae apud s. Petrum 16 decembris 1780, pontificatûs nostri anno VI« [Reumont, op. cit. II, 313.]

Poerio, à la comtesse d'Albany. [A. 19.]

Napoli, 1821, 23 février; 29 mars; 12 avril; Lettres importantes, pour l'histoire de la révolution napolitaine de 1821.

Poerio (Carolina), femme du précédent, à la comtesse d'Albany.

Naples, 17 mai et 5 août 1821. Sur la captivité de son mari.

de Pons (Madame la douairière), à la comtesse d'Albany. [A. 9.]

Sans date. Réclamation de son loyer.

Poublon, à Fabre. [F. 22.]

«25 décembre 1828. Permission spéciale d'entrée au musée Fabre, demandée par un jeune pasteur, M. Calixte Leyris; Bayonne, 8 janvier 1829: envoi d'un exemplaire du Catalogue du musée de Madrid; Bayonne, 31 janvier 1830. (Minute de réponse de Fabre».

Raineri (Antonio), à la comtesse d'Albany. [A. 19.]

Doradola, 26 août et 28 novembre 1820. Lettres politiques.

Ramey, professeur à la Sorbonne à Fabre. [F. 6.]

20 février 1816 [recommandation pour son fils, allant comme pensionnaire à Rome avec Destouches, architecte, et Vinchon];

---

1) Cette personne était Me. Powell qui, allant visiter l'Italie, désirait voir Montpellier, Fabre et son musée au passage. Lady Murray lui recommande d'étudier la mort d'Abel et le tableau de Carlo Dolci. Elle ajoute: J'ai été à Montpellier en revenant d'Espagne en 1814. Il y avait alors à la Biblioth. M. Prunelle qui a été rempli d'obligeance pour moi et qui m'a montré des pensées de la reine Christine . . . Mr. et Mme. Veret ont été aussi bien aimables pour nous; nous les avons accompagnés à un bal donné à Monsieur, maintenant Charles X.

17 août 1816 «à M. M. Fabre, peintre, professeur de l'Académie Impériale et royale de Florence. Strada d'Amori (sic.) n⁰ 2320, à Florence» [recommandation de MM. Sauvé et Schnetz: «Il profitte du départ de MM. Sauvé et Schenetz, tous deux camarades d'étude de mon fils, qui vont à Rome pour y continuer leurs études; l'un est graveur, l'autre est peintre et élève de votre maître. Il a remporté le second prix avec beaucoup d'honneur. Ses camarades lui donnoient le premier. Vous savez que les jeunes gens sont assez justes, mais le sort en a décidé autrement. C'est un artiste qui promet beaucoup, et surtout pour la couleur, ainsi que le graveur qui a beaucoup de talent.»

Réattu, à Fabre. [F. 4.]

Arles, ce 4 mai 1827. [Minute de la réponse de Fabre.] Détails sur Réattu et sa galerie.

Reinhart, à Fabre. [F. 24.]

Rome, 25 avril 1808 [remerciements pour des estampes]; 30 juillet 1812, lettre riche en nouvelles politiques.

Révoil, professeur de peinture à l'école de Lyon, à Fabre [F. 9.]

20 septembre 1827, Recommandation du peintre anglais Wilkie, auteur de «Colin-Maillard» (Fabre a répondu à cette lettre le 3 novembre suivant seulement, à cause de la goutte); 20 février 1829 (recommandation pour l'architecte Géry, chargé de construire le musée de la ville d'Avignon), [minute de réponse 6 mai 1829]; recommandation pour deux visiteurs du musée Fabre, Mr. et Mme. Francoal (rep. le 22 mai); 1er août 1829, remerciement pour l'envoi d'une médaille par M. Francoal (rep.); 23 sept. 1829, recommand. pour M. Rey, membre du conseil des manufactures; 21 avril 1830, recommand. pour le peintre Richard, élève de David; 13 octobre 1831, envoi de deux paires de chaussons imperméables. (2 rep. minutes.)

Rey, membre du conseil des manufactures, à Fabre. [F. 22 et A 25.]

Paris, 26 février 1834 [min. rép. Fabre, 24 mars 1834].

Richard, peintre toulousain, à Fabre. [F. 9.]

Millau, 2 août 1828; Lyon, 7 octobre 1830 (recommandation pour M. de Chazelle); Millau, 15 août 1831; Toulouse, 3 août 1834; un billet non daté relatif à une caisse contenant des aquarelles. — Détails biographiques intéressants.

Robert, à Fabre. [F. 2.]

19 novembre 1791: «à Monsieur Fabre, pensionnaire du roy à l'Académie de Rome»; 1792, 10 janvier; 14 mai «à M. Fabre, peintre à Rome»; 16 juillet; 26 novembre [même suscription]; une lettre sans date «à M. M. Xavier Fabre, peintre à Florence». Intéressantes pour la biographie des deux artistes.

Rocca (M. de), à la comtesse d'Albany. [A. 7.]

Paris ce 25 mars 1817. — Il signe avec Madame de Staël [v. ce nom] une lettre le mardi 15 avril 1817.

Roger, à Fabre. [F. 12.]

Margency, 27 décembre 1829. Envoi d'une épreuve de la gravure de «Marie Antoinette», qui fait pendant au «Louis XVI» de Berwic. — [Minute de la réponse de Fabre.]

Roletti, à M. Pelli-Fabroni. [F. 27.]

Gênes, 31 juillet 1824 «à M. L. Pelli-Fabbroni, de Florence». — Sans importance. Etat des auberges et de la route de Gênes à la Spezzia.

Roselli (Paolo), à Fabre. [F. 24.]

Parme 25 août et 9 octobre 1823. Relatives au portrait d'Alfieri gravé par lui. Minute de la réponse de Fabre à la seconde lettre.

Rohan Castille (Le baron de) à la comtesse d'Albany. [A. 18] et à Fabre (ibid.)

à la comtesse d'Albany: 4 octobre 1822; Majorat de Castille par Bagnols du Gard, ce 3 décembre 1823; 14 janvier 1824.

à Fabre: Argilliers, ce ... may 1824; 22 octobre 1824; 6 may 1825.

à cette correspondance est joint (A. 18bis) un dossier de dessins et lithographies, dûs à l'artiste polonais Jusky, hôte à demeure du baron de Castille. Ce sont des portrait de famille et des vues des maisons de M. de Castille, ornées de légendes[1])

---

1) Voici quelques unes des légendes mises au bas de ces portraits de famille: G. F. de Froment Fromentes, Baron de Castille 1789; lieutenant du roi de la province de Languedoc; officier aux gardes françaises et chevalier de l'ordre de S. Louis; page du roi Louis XV en 1762.

Baron de l'Empire avec majorat sous sa dénomination de Baron de Castille; épouse Mlle. Herminie de Rohan, fille de Mr. Charles de Rohan Rochefort et de Mme. de Rohan Guémenée, six mois aprés la mort de son fils unique Edouard, chevalier de Castille et premier page de S. M. l'Empereur et roi, tué d'un boulet de canon à 19 ans à la bataille d'Isseling le 22 may 1809. Le baron de Castille présenté à la cour à S. M. l'Empereur le 12 avril 1812. Chevalier de l'ordre impérial de la Réunion par décret du 20 avril 1812.

En 1er Mariage épouse Epiphanie, fille unique du Comte Dulong, le 21 8bre 1783; morte le 25 avril 1794, le 20me jour de son incarcération comme suspecte d'aristocratie, dont Céleste née en 1784, morte en bas age. 2° Constance, épouse le baron Du Roure le 23 janvier 1806. 3° Edouard, premier page de Napoléon; en cette qualité fait la campagne de 1807 de Prusse et de Pologne.

En 2e Mariage épouse S. A. la princesse Herminie de Rohan le 16 nov. 1809 dont Mériadek, née le 28 novembre 1811. Blanche, née le 17 fév. 1813. Berthe, née le 6 janvier 1816. Le comte Louis, nourri par sa mère, né le 1er septembre 1818. A l'honneur de faire sa cour au roi Louis XVIII le 15 7bre 1817. Ses filles au Temple aux bons soins de S. A. S. la princesse Louise de Bourbon, leur tante.

La petite fille offerte à S. A. Mme. la comtesse d'Albany née princesse de Stolberg le 4 8bre 1822, jo urde son arrivée à Argilliers par Mr le baron de Castille. De son cabinet.

M. le baron de Castille, S. A. Mme. la princesse Herminie de Rohan son épouse, leur fils, le comte Louis, qu'elle a nourri, âgé de trois ans, leur quatre filles Mériadek à dix ans, Blanche à huit ans, Berthe à six ans, Charlote à six mois qu'elle nourrit. Arond du Sés dep. du gard en 1822. Bas Languedoc. Fait au chateau du majorat de Castille, comue d'Argilliers.

emphatiques ou ridicules; portrait de G. L. de Froment Fromentes, baron de Castille; Mme. la duchesse de la Vallière, morte le 2 janvier 1797, agée de 83 ans; portrait de la famille; Louis, comte de Castille en juillet 1823; portrait de la famille dans son cabinet; château du majorat de Castille en 1812; minaret de Castille, arc de la restauration 1814; maison patrimoniale du baron de Castille à Uzès, 1820; «la petite fille», offerte à la Mme. la comtesse d'Albany.

Sallier fils, à Fabre. [F. 14.]
Aix, 1er août 1831. Catalogue d'une collection archéologique.

Sampieri Lepri (Mme.), à Fabre. [A. 28.]
Turin, 4 mars 1824 (minute de la réponse de Fabre). Relative à des emprunts de livres. Peu importante.

Santarelli, à Fabre. [F. 10.]
Sans date et sans suscription: annonce de la naissance de son fils Mario survenue le matin même à 11h 25. C'est un «bambino grosso grosso, e somigliante all' Agostina, a riserba de' capelli neri. Son breve perche mi chiamano per andare al battesimo. I nomi del bambino sono Carlo Felice Luigi Mario». —

Scitivaux (M. de), trésorier payeur en Toscane, à Fabre. [F. 14.]
Lettre sans date (relative au paiement d'un tableau (son portrait) qu'il avait commandé à Fabre «pour faire plaisir à sa femme»; 18 septembre 1813, relative à la restauration de ce même tableau; Paris, 6 octobre et 26 novembre 1815 (sur les spoliations du Louvre); 15 août 1820; 24 avril 1821; 12 février 1822 (reçue par Fabre le 2 mars; réponse, le 11 avril); 11 mars 1823. Nouvelles artistiques intéressantes.

Seguin (Auguste), à Fabre. [F. 18bis]
«Montpellier ce 22 mars 1829. A M. M. le baron Fabre au musée à Montpellier.» cf. Revue des Langues Romanes, 1898, I p. 98 sqq.: Un projet de décoration épigraphique de la Bibliothèque-musée Fabre.

Seroux d'Agincourt, à la comtesse d'Albany. [A. 22.]
1812, 9 avril, 27 juillet, 5 septembre, 5 novembre; 1813, 10 janvier, 17 mars; 1814, 2 janvier, Rome 26 mai.

Serristori (le sénateur), à la comtesse d'Albany. [A. 13.]
s. date.

Simian, à Fabre. [F. 18bis]
Toulon (rue du Trésor 5) 16 décembre 1828.

Sismondi (Simonde de), à la comtesse d'Albany.
Publiées par fragments par Saint René Taillandier, op. cit.

G. J. Baron de Castille, officier de l'ancien régiment des gardes françaises. S. A, la princesse Herminie de Rohan, son épouse, leurs six enfans dont deux garçons 1825. Constance, née de Castille, baronne du Roure, d'un premier lit.

1807, Pescia, 18 et 25 juin; 1808, 26 mars; Genève, 12 août, 8 décembre; 1809, 9 janvier; Copet 22 et 28 mai; Lyon 16 juin, 24 juillet, 6 et 16 septembre, 18 octobre; 1810, 17 et 22 janvier, 12 mars, 1er mai, 30 juin, 14 août; 1811, 14 juillet, 16 août, 11 octobre; 1812, 23 juin; Pescia 11 juillet, 5 septembre, 20 septembre (?), 14 octobre, 21 novembre, 15 décembre; 1813, 26 janvier, 1er mars, 4 avril, 30 mai, 8 et 17 juillet, 3 septembre, 6, 15 et 31 octobre, 20 novembre, 19 décembre, fin décembre; 1814, 10 et 20 janvier, 2 et 20 février, 13, 17, 27 mars, 10 avril, 1er mai, 16 et 26 mai, 26 juin, 6 octobre, 8 novembre, 13 novembre, 11 décembre; 1815, mars, 5; 1816, 16 et 26 février, 9 et 20 juin, 11 juillet, 1er août, 29 août, 9, 19 et 30 septembre, 3 et 14 octobre, 21, 24 novembre, 22 décembre; 1817, 12 janvier, 15 mai, 30 décembre; 1818, 8 mars; 1819, 28 juin; 1823, 2 novembre. C'est sur ce paquet que Fabre a mis la remarque: Lettres à lire quand j'en aurai le temps. Florence 1er mai 1826.

Sobiratz (Le chevalier François de), à Fabre. [A. 29.]

... 6 mars ...?; Bayonne 1er juillet ...; Lyon, 20 mai 1808; Carpentras, 20 novembre 1808; 22 may, 21 juin, 18 novembre 1809; 16 et 26 septembre, 8 décembre 1814; 24 décembre ....?; 26 de 1815; Marseille, 28 mars, 19 août 1815; 15 février 1816; Carpentras, 2 juin, 23 juillet, 26 août, 7 octobre 1816; 1817, 22 juin, 19 juillet; 1818, Carpentras, 24 avril, Perpignan 12 juin, Carpentras 1er août, Perpignan 30 septembre; Carpentras 18 nov., 29 déc.; 1819 Carpentras, 20 avril, 10 juillet, 20 août, 13 octobre 1819; 1820, Carpentras, 21 janvier, 13 avril, 12 juillet.

Correspondance intéressante pour l'histoire politique et sociale.

Souvarow (Hélène), à la comtesse d'Albany. [A. 10.]

s. d. Remerciements et excuses pour un bal, (Lettre écrite sur du papier de Susse orné d'un très joli encadrement de style empire); s. d., signée seulement des initiales H. S.; nouvelles politiques importantes.

Souza (Madame de), à la comtesse d'Albany. [A. 6.]

1810, 19 décembre; 1811, 15 avril, 15 mai, 21 septembre, 26 décembre; 1812, 28 janvier, 21 avril, 19 mai, 27 août, 14 septembre, 7 novembre, 21 décembre; 1813, 16 février, 14 mai, 23 juillet (avec Ch. de Flahaut); 1814, 2 et 26 mai, 7 septembre; 1815, 25 août, 9 septembre (avec Ch. de Flahaut), 10 décembre; 1817, 21 décembre; 1823, 16 janvier, 10 juin, 23 juillet, 9 août, 25 octobre, 22 décembre; une trentaine de lettres ou billets non datés.

Saint René Taillandier a publié, op. cit., p. 370, 371, 373, 375, 376, 378, 379, 380 les lettres «18 janvier», 28 janvier 1812, «16 février», 21 avril 1812, 14 may (d'après lui, à tort, 4 mars 1814) 15 may 1811, 19 may 1812, 21 septembre 1811, 7 novembre 1812, 26 Xbr 1811.

à Fabre 9 et 17 février 1824; ce 6 août; — avec Flahaut, «ce 15 avril 1811» V. Flahaut.[1])

Spontini à Mme Branchu. [F. 12.]

s. d.: «chère Madame Branchu». Convocation à une répétition.

Staël (Madame de), à la comtesse d'Albany. [A. 7.]

Bologne, ce 22 may [Reumont, op. cit., II, 212, ce 22 mars 1805] 1815. Pise, 1er décembre [Reumont, op. cit., II, 214; S. R. Taillandier, p. 347]. 8 décembre [ibid. II, 214, et ibid. 348]; 20 décembre [ibid. II, 215, et ibid. p. 349].

1816, 12 janvier [ibid. II. 217, et ibid. 351]. Pise, 7 et 20 février [S. R. Taillandier, p. 352]. Turin, ... (1816); [Reumont, II, 218; S. R. T., 353]; Coppet 15 août, [S. R. T., 354.] 15 et 28 septembre; 16 octobre [Reumont, II, 219. 14 octobre]. Paris, 16 décembre [Reumont, II, 221, S. R. T., 356].

1817, 27 janvier. Paris, 6 rue Royale [S. R. Taillandier, 359]; 9 avril (1817). [Reumont, II, 222 et S. R. T. 358;] — avec Rocca. Paris, ce mardi 15 avril 1817, ibid. II, 223, S. R. T. 359; 25 juillet [Reumont, II, 225, sous la date 5 juillet], 26 septembre, 181?. »Je veux m'acquitter [Reumont, II, 221, sous une fausse date. Paris . . . . 1816]; douze billets non dates.

Staël (Albertine de), duchesse de Broglie. à la comtesse de Albany. [A. 7.]

s. d. Recommandation pour Mme. Necker de Saussure «qu' une surdité cruelle prive de bien des jouissances».

Stolberg (Gustavine de), à Madame d'Albany et à Fabre. [A. 28.]

à la comtesse: 8, 13, 29 décembre 1813; »le 5 de l'an« le 12 de l'an, le 19 de l'an, le 26 de l'an [janvier 1824], le 2 février 1824.

à Fabre: 23 janvier 1824, 9, 16, 20 février, 15 (avec deux pièces annexes), 21, 29 mars, 5, 12, 18 avril; 3 mai, 20, 28 mai (avec minute de réponse de Fabre), 21 et 28 juin 1824; 28 février 1826.

Lettres intéressantes sur les derniers temps de la comtesse d'Albany et les difficultés de sa succession.

Stolberg Gedern (Le comte de), à la comtesse d'Albany. [A. 28.]

Wernigerode, 13 juin 1804. Discussion d'intérêts de famille.[2])

---

1) Il est impossible de mentionner ici en détail tous les billets non datés; la correspondance, en y ajoutant les lettres et billets de Flahaut, se compose de soixante pièces.

2) Voici les principaux passages de cette lettre:

«Madame la comtesse,

C'est avec bien de la peine que j'ai trouvé au moment de la prise de possession de Gedern, d'un pays gravement obéré, les arrérages des dots de V. A. et de Mesdames ses sœurs. Leur paiement fut du devoir des sujets qui dans ce moment, après un si long délai, ne s'y trouvent plus obligés, l'imposition de part de maitre n'ayant pas eu lieu. Les devanciers auraient dù paier et leurs héritiers ne sauroient être contraints: aussi seroit il impossible aux habitants de ce pais, épuisés par la guerre et par la maladie des bestiaux de

Stolberg (Louise de), à la comtesse d'Albany. [A. 28.]
25 décembre 1823.

Stuart (Charles Edouard), le prétendant, à divers. [A. 1.]
au chevalier des Tours, Florence, 27 mars 1784 [Reumont, op. cit. II, p. 310], au même [ibid. 30 mars] Reumont, op. cit. II, p. 311;
au roi de Suède Gustave IV, Florence, 27 mars 1784; copie. [Publié par Saint René Taillandier, op. cit. p. 79.] déclaration de Charles Edouard rendant toute liberté [à sa femme, ibid, p. 80]; à M. Stonor, Florence. 5 janvier 1778 (en anglais). [Reumont, op. cit. II, 259.]

Stuart (Henry), cardinal d'York, à la comtesse d'Albany. [A. 1 et 2.]
Frascati, ce 15 décembre 1780; au revers, de la main de la comtesse: Lettre de mon beau frère; Saint René Taillandier, op. cit. p. 60 et 61; testament du cardinal d'York, H. Stuart (copie en italien).

Sydney Morgan (Lady), à la comtesse d'Albany. [A. 9.]
Lettre sans date. Annonce d'une visite d'adieu.

Thiébault de Berneaud, à N . . . [F. 22.]
Cette lettre, mentionnée sur l'enveloppe de la liasse F. 22 se trouve mêlée aux papiers d'Alfieri. Elle est datée du 8 mai 1841 et relative à un manuscrit d'Alfieri dont T. B. proposait l'acquisition à la Bibliothèque de Montpellier.

Tinguy de Chouppes (Madame) à la comtesse d'Albany. [A. 9.]
«Au Porteau en Haut Poitou, 16 novembre 1787». Relative à un procès où M. d'Amécourt est rapporteur et M. d'Ormesson président. Prière de la recommander à M. d'Ormesson, tout puissant sur l'esprit de M. d'Amécourt.

d'Unruhe (Madame) à la comtesse d'Albany.[1]) [A. 9.]
5 octobre 1823.

Valois à Fabre. [F. 10.]
«ce lundi, 17 août [1829]».[2]) — Sollicite l'intervention de Fabre dans une affaire non spécifiée: «prière de jetter les yeux sur le cahier ci-joint, tout fastidieux que soient de pareils détails». Sans suscript.

---

fournir à l'heure qu'il est cette prestation d'ailleurs si légitime. Je ne puis réparer les fautes de mon prédécesseur, et le commencement de mon administration est si onéreux par les dettes énormes que j'ai trouvé que je ne puis satisfaire aux désirs de mon cœur». Il offre de payer successivement les dots sans intérêts pourvu qu'on attende tranquillement. Il n'accepte pas les dettes non consenties par son père et son grand père; par conséquent il n'intervient pas dans la convention conclue avec la douairière de Stolberg; offre pour la mère une pension «analogue à ses besoins» si Mme d'Albany et sa sœur acceptent. A cette lettre est jointe la minute d'un projet de réponse, de la main de Fabre.

1) D'après une note fournie par Paulin Blanc aux éditeurs de l'Epistolario de Foscolo, il y aurait eu plusieurs lettres (parecchie lettere, de Mme. «Hunrue» à la comtesse, de Dresde 1823.

2) date rajoutée au crayon.

Venel à Fabre. [F. 2.]

«Montpellier, le 5 décembre au 12; 27 décembre 1803» «à Monsieur | Monsieur Fabre, peintre à Florence». — Minute de la réponse de Fabre.

Appendice.

On a vu dans le catalogue précédent qu'un certain nombre des lettres reçues par Fabre sont accompagnées des minutes des réponses qu'il y a faites. Il n'est pas inutile de réunir ici les noms des personnages à qui Fabre a écrit, avec, autant que possible, la date de ses lettres, quand il en existe plusieurs du même correspondant. Ce sont ceux de: M. d'Averton, — Cesare d'Azeglio, — Bartolini, — Bertin (3 août 1824), — Blacas (réponse à la lettre du 5 octobre 1817), — Boilly, — Boyer (27 et 29 mars 1869), — Cambray Digni, (12 sept. 1826, 16 janvier 1830), — Castellan, (rep. à la lettre du 6 février 1829; 4 avril 1829; une minute de lettre datée du 13), — Mme. Clarke, duchesse de Feltre, (plusieurs minutes non datées), — Delescluze (26 août 1830), — Denon, (18 oct. et 3 déc. 1805, 8 et 11 avril, 16 mai et 3 juin 1806, une minute s. d.) — Ferogio, (reponse aux lettres du 18 et 20 octobre 1830, 16 août 1831, 26 mai et 1er juillet 1832, 22 août et 1er décembre 1833), — Gargallo, — Et. B. Garnier, 18 juillet 1834, — Gervais (29 janvier?, avec le blason projeté de Fabre), — Golovkine, — Gudin, — Guérin (rep. à la lettre du 11 juin 1825), — Henri (cinq lettres), — Maumet, — Mérimée (13 avril 1816, 22 janvier 1829, 27 février 1831, 28 juillet 1834. Les originaux de ces trois dernières lettres ont été rendus au Musée-Bibliothèque par Prosper Mérimée fils du destinataire), — Miatlew, (sans date et 2 mars 1808, — Paillet, 24 avril, 31 janvier 1830, 19 mars, 10 avril, — Percier (2 lettres), — Poublon (2 lettres), — Réattu, — Renouard, — Révoil, 20 février et 22 mai 1829, 13 octobre 1831, — Roselli (13 octobre 1823), — Roger, — Sampieri, — Venel, — une dame anonyme après la mort de la comtesse d'Albany.

Dans ces liasses figurent encore une note de Fabre: «Il pittore per il ritratto &c», — une autre note. «Si perviene ad una specola, — une note sur un compte de peintre en batiments [A 16], — une copie, extrait d'un rapport de l'Académie sur une figure de concours de Fabre, — copie en italien du testament du cardinal d'York, — copie en français d'un mémoire en faveur des héritiers de Marie de Modène femme de Jacques II, (incomplète), — mémoire sur les droits des Stuarts à l'héritage de Jacques Sobieski, — deux copies du testament de la comtesse d'Albany, — trois fragments de lettres non signées et sans importance. —

Bien que le classement actuel du fonds Fabre Albany en cartons et liasses soit purement arbitraire & ne corresponde même pas aux divisions du catalogue imprimé de Libri, et tout en souhaitant qu'il soit remplacé par l'ordre alphabétique dans un classement ultérieur, il me paraît convenable d'indiquer ici en conclusion la distribution de ces autographes dans les liasses actuelles, car la situation présente peut se prolonger encore longtemps.

Série Fabre (carton 9 et 10).

Liasse I (Mme. Greuze à Fontanel). II. Joubert, Bioche-Delisle, d'Angiviller, Ménageot, Venel, Brun curé, Borri (M.), Gache. III. Guillon Le Thière, Granet. IV et IV bis Girodet, Guérin, Gérard, Michallon, Réattu. V. Gros, Gudin. VI. Desmarais, Meynier, Chauvin, Ramey Angiolini. VII. Boguet. VIII. Mérimée. VIII bis (Fabre à Mérimée) Prosper Mérimée. IX. Révoil, Richard, Boilly. X. Dupaty, Bartolini, Santarelli, Valois. XI. Percier, Fontaine, Mazois, Debret. XII. Desnoyers, Aubry-Lecomte, Massard, Roger, Boïeldieu, Spontini, Marsollier. XIII. Vivant Denon, François de Beauharnais, F. Strozzi. XIV. Scitivaux, Forbin. XV. Micali, Blacas d'Aups. XVI. Boyer, Lambert. XVII. Lord Holland, Lord Bristol, Brunetti, Murray, Miatlew, Clarke, Middleton. XVIII. Clarke et Madame Clarke. XIX. Bertin l'aîné. XX. Castellan. XXI. Labouisse-Rochefort. XXII. Barrett, Cockill, Bellini, Delescluze, Laneuville, Duchesne, Chazelle, Fontenai, Poublon, Esmangart, Clarac, Henri, Artaud, Périé-Candeille. XXIII. Benvenuti, Baldelli, Campani. XXIV. Morghen, Reinhart, Iesi, Gmelin, Roselli, Donadio, Bossi, Bulli. XXV. Cambrai — Digny. XXVI. Ginori, Degli Alessandri, Gargallo, Azeglio, Mme. Gerini, Bartholdy, Monti, Cicciaporci, Bezzuoli. XXVII. Mr. et Mme. Cicognara, Sallier, Braccini, Roletti, Chiappini, Incisa, Armand Bertin. XXVIII. Pièces relatives à l'exécution, à la translation et à l'érection du monument d'Alfieri à Santa Croce. XXVIII bis (Lettres reçues à Montpellier) 2 notes Fabre, Gervais, d'Averton, note Baroffi, Seguin, Jay, Legendre-Héral, Dax d'Axat, Simian, Paillet, Maumet, Ferrandy. XXVIII ter. Ferogio, Garnier.

Série Albany (cartons 12 et 13).

I. Edouard Stuart, Henry Stuart, Pie VI, Gustave IV, Consalvi, Godard. II. testament de 1817, testament d H. Stuart, mémoires, note Howard. III. Caluso. IV. Mme. de Maltsan. V. Mme. de Genlis. VI. Mme. de Souza, Ch. de Flahaut, de Bertrand. VII. Mme. de Stael, Rocca, Mme. de Broglie. VIII. note anonyme, Duchesse de Devonshire, Mme. Borghese. IX. Mme. Dubocage, Joséphine Bonaparte, Mme. F. Brun, baronne d'Armendaris, Mme. de Pons, Lady Derby, Mme. Unruhe, Mme. Tingui de Chouppes, Lady Morgan, Jane Davy. X. Mmes de Laborde, d'Esmangart, d'Azeglio, Th. Apponyi, Priscilla Burghersh, Princesse Czartoryska, Helena Souvaroff, Sir Everett; deux sign. illis. XI. Miss Knight. XII. g^{al} Menou, duc de Beaufort, Mme. Mailly de Coislin. XIII. Gino Capponi, Corsi, Cardito, Serristori. XIV. Brunetti. XV. Lucchesini. XVI. Golovkine. XVII. d'Arbaud Jouques. XVIII et XVIII bis Rohan Castille (portraits et dessins) La Boissière. XIX. Leoni, Raineri, Poerio. XX. Villoison, Courier, Craufurd, Dampmartin, Boutourline, Corsini. XXI. Bonstetten (XXI bis Mme. d'Albany à Bonstetten). XXII. Seroux d'Agincourt. XXIII. Sismondi. XXIV — XXIV bis Millingen, Akerblad. XXV. Louis de Breme.

55

XXVI. Foscolo. **XXVII. Canova. XXVII bis Abbé J. B. Canova.** XXVIII. **Testament** de 1817. **Gustave de Stolberg, Comtesse d'Arberg,** Duchesse **d'Albe,** Castelfranco, Lobau, **Mme.** de Laborde, **Mme.** de **Mérode.** XXVIII **bis** pièces relatives à l'érection du monument d'Alfieri à Santa Croce. **XXIX.** Sobiratz.

Montpellier.

Léon G. Pélissier,
Prof. d'histoire à l'Université.

Imprimerie d'Ehrhardt Karras, Halle a. S.

www.ingramcontent.com/pod-product-compliance
Ingram Content Group UK Ltd.
Pitfield, Milton Keynes, MK11 3LW, UK
UKHW021512260726
13993UKWH00004B/1638

9 782019 925536